汉译世界文学名著丛书

卡斯蒂利亚的田野

马查多诗选

［西］安东尼奥·马查多 著

赵振江 译

创于1897 商务印书馆 The Commercial Press

Antonio Machado
OBRAS COMPLETAS DE MANUEL Y ANTONIO MACHADO
EDITORIAL BIBLIOTECA NUEVA, MADRID, 1984
根据马德里新图书馆出版社1984年版
《马努埃尔和安东尼奥·马查多全集》译出

汉译世界文学名著丛书
出版说明

1902年，我馆筹组编译所之初，即广邀名家，如梁启超、林纾等，翻译出版外国文学名著，风靡一时；其后策划多种文学翻译系列丛书，如“说部丛书”“林译小说丛书”“世界文学名著”“英汉对照名家小说选”等，接踵刊行，影响甚巨。从此，文学翻译成为我馆不可或缺的出版方向，百余年来，未尝间断。2021年，正值“汉译世界学术名著丛书”出版40周年之际，我馆规划出版“汉译世界文学名著丛书”，赓续传统，立足当下，面向未来，为读者系统提供世界文学佳作。

本丛书的出版主旨，大凡有三：一是不论作品所出的民族、区域、国家、语言，不论体裁所属之诗歌、小说、戏剧、散文、传记，只要是历史上确有定评的经典，皆在本丛书收录之列，力求名作无遗，诸体皆备；二是不论译者的背景、资历、出身、年龄，只要其翻译质量合乎我馆要求，皆在本丛书收录之列，力求译笔精当，抉发文心；三是不论需要何种付出，我馆必以一贯之定力与努力，长期经营，积以时日，力求成就一套完整呈现世界文学经典全貌的汉译精品丛书。我们衷心期待各界朋友推荐佳作，携稿来归，批评指教，共襄盛举。

商务印书馆编辑部

2021年8月

前　　言

二十世纪的西班牙诗坛，色彩纷呈，人才辈出，号称“又一个黄金世纪”[1]。

1898 年爆发的美西战争使西班牙腐朽没落的君主制度的弊端暴露无遗，使它失去了最后残留的海外殖民地，使它彻底失去了往日的“辉煌”。对祖国前途命运的忧虑，激发了年轻一代作家。他们主张引进欧洲的先进思想，决心使自己的国家在文学上得到振兴，后人称他们为“九八年一代”。安东尼奥·马查多（Antonio Machado，1875—1939）就是“九八年一代”也是西班牙二十世纪最有影响的诗人之一。

安东尼奥·马查多出生在安达卢西亚首府塞维利亚的一个书香门第，并在那里度过了自己的童年。他的祖父是一位德高望重的知识分子，1882 年受聘为马德里中央大学教授。同年，他便

---

① “黄金世纪”（1500—1681）是西班牙文学群星闪耀的时代，塞万提斯、洛佩·德·维加、贡戈拉、克维多等文学巨匠都属于这个时代。“二七年一代”诗人、皇家学院院长达马索·阿隆索在自己的著作中称二十世纪是“又一个黄金世纪”。

随全家迁往首都，从此再没回来。他的父亲是著名的民俗学家。他的家庭具有明显的自由主义思想倾向。他在首都“自由教育学校”受到良好的教育。

1899年他与其兄马努埃尔同游巴黎，熟悉了十九世纪下半叶法国盛行的新文学流派——帕尔纳斯派和象征主义，并见到了拉丁美洲现代主义大师鲁文·达里奥，两人结下了深厚的友谊，有后者写给他的诗作为证：

他一次又一次地走着，
神秘而又默默无言。
目光是那样深邃
几乎无法看见。

他说话的语调
腼腆而又高傲。
他思想的光芒
几乎永远在燃烧。

他深刻而又闪光
像具有崇高信仰的人那样。
他同时在放牧
上千只狮子和羔羊。
他会引导风暴
也会带来充满蜜的蜂房。

他用深刻的诗句
歌唱生命、爱情
和快乐的神奇：
这些诗句的秘密正是他自己。

一天他骑着罕见的神骏
向着不可能的世界飞奔。
为了安东尼奥，我请求诸神：
永远要拯救他。阿门。

（《安东尼奥·马查多》，1905）

返回马德里后，他结识了乌纳穆诺、巴列－因克兰、胡安·拉蒙·希梅内斯等主张文学革新的诗人和作家，并开始在重要的杂志发表诗作。这个时期的马查多过着居无定所的生活。1907年，他被派往远离马德里的卡斯蒂利亚小镇索利亚学院教法语。两年后与十五岁的女孩莱昂诺尔·伊斯奎尔多结婚。婚后得到广学会资助，偕妻子赴巴黎一年，进修法语。在那里，他积极参加哲学家亨利·伯格森的讲座。但好景不长，1911年7月莱昂诺尔患上肺结核，并在回到小镇后不久（1912年8月1日）去世。经历一段时间的悲痛与消沉后，他又回到了安达卢西亚，在哈恩的巴埃萨中学任教，直至1919年。后来转到马德里附近的塞戈维亚，参与创建"人民大学"，使其成为劳动人民和普通群众免费接受教育的文化中心。1927年他入选西班牙皇家语言学院院士，一年之后结识了女诗人碧拉尔·德·瓦尔德拉马，并与之保持了很长一段时间的感情。她便是诗人作品中的吉奥玛尔——他诸多灵感的源泉。

1931年4月14日他参加了在塞戈维亚举行的西班牙第二共和国开国大典，不久以后转到马德里的一所学院。内战期间他坚决支持共和国，1936年11月随著名的共和国第五团举家迁往巴伦西亚，1939年1月与母亲一起流亡，一个月后在法国南部小镇科利尤尔相继去世（马查多死于2月22日，先于其母三日）。

马查多最突出的人格特征是勤奋善良，鄙视虚名，淡化服饰（他曾说过自己"邋里邋遢"），忍耐困境，深刻内省，强调对话和容忍是共存的理想手段，维护人的自由和尊严（"人最高的价值莫过于本身为人"）。对上帝或生命意义的寻求是他早期诗作的重点。这使他对所处的时代越来越感到困惑并充满怀疑，这也是"九八年一代"作家的共性之一。

马查多前期创作的灵感主要来源于大地、天空、河流、山脉、对亲人的怀念和对祖国的热爱。尤其是对卡斯蒂利亚自然风光的描写，更是出神入化，情景交融，感人至深。后期创作转向对哲理的探索与挖掘，对人生的体会与感悟。

马查多的早期创作深受鲁文·达里奥的影响，具有明显的现代主义特征。尽管如此，马查多并非亦步亦趋地追随那位伟大的尼加拉瓜诗人。在1917年出版的一部诗集的序言中，他这样写道："我非常欣赏《世俗的圣歌》的作者，因为他在形式上和感觉上是无与伦比的大师"，但是"我要努力走自己的路"。他的目的不仅仅是要达到一种感官上的震撼，而且要试图触动人的心弦，找到一种"内心感觉的普遍性"。马查多将自己的前半生定义为一个“诉衷情的诗人”。仅凭这一点，就与“远离现实”“臆造完美”的现代主义有了根本的区别。马查多梦想的世界是心中真实的追求，具有普遍性和永恒性，而他的现代主义前辈们则是用华丽的色彩和典雅的词句描摹一个不真实的世界。

马查多的第一部诗集《孤寂》出版于1903年，1907年修订再版，更名为《孤寂、长廊及其他诗篇》。在这部诗集中，马查多深刻地揭示了自己的内心世界：忧愁，悲伤，焦虑，痛苦。痛苦有时会化作希望，但这希望却往往又虚无缥缈。因此，他在诗中常常与自然景物如泉水、夜晚或黎明对话，或者用一些具有象征意义的事物如道路、镜子、水车、墓穴、迷宫、蜂巢来表现深刻、隐蔽的现实，用生机勃勃的大自然投射出自己的精神追求和内心世界。

在《幽默，幻影，笔记》的第十四首中，他情绪激昂地写道：

昨晚我入睡时
梦见，啊，美妙的幻想！
一股清澈的泉水
在心里流淌。
我说：“新的生命之泉
我从未饮过，你从
哪条隐蔽的沟渠
来到我的身旁？”

昨晚我入睡时

梦见，啊，美妙的幻想！
在我的心里
有一个蜂房；
金黄色的蜜蜂
在那里奔忙，
用古老的苦涩
酿出白色的蜡和蜜浆。

昨晚我入睡时
梦见，啊，美妙的幻想！
一轮火红的太阳
照耀在我的心上。

它所以火红，
因为有炉膛的颜色，
它所以是太阳，
因为它让人哭泣又将人照亮。

昨晚我入睡时
梦见，啊，美妙的幻想！
原来是上帝
降临在我的心房。

在诗人“美妙的幻想”中，出现了三个“善”的象征——泉水、蜂巢和燃烧的太阳。原来它们就是上帝，在梦中向他靠近，把他从“长久的苦恼”中解救出来。

马查多的第二部诗集是《卡斯蒂利亚的田野》，1912年问世，五年后再版，增添了妻子去世后他在巴埃萨写的更多的诗作。

诗集中的第一首题为《肖像》。这是评论家们经常引用的，是诗人为自己的人生经历和创作理念做的总结：

我的童年是对塞维利亚一个院落
和一个明亮果园的记忆，柠檬在果园里成熟；
我的青春，卡斯蒂利亚土地上的二十年；
我的历史，有些情况我不愿回顾。

我不是骗人的诱惑者也不是唐璜式的人物；
——你们已经熟悉我笨拙的着装——；
但是丘比特向我射了一箭
我便爱那些女性，只要她们热情好客。

我的诗句从平静的泉水涌出，
可我的血管里有雅各宾派的血在流淌；
我不仅是一个善于运用自己学说之人，
而且从美好的意义上讲，我很善良。

我崇尚美，在现代美学中
我采摘龙萨的果园中古老的玫瑰；

然而我不喜欢目前时兴的梳妆
也不是那种追求新奇啼鸣的鸟类。

我看不起空洞的男高音的浪漫曲，
也看不起蟋蟀在月光下的合唱。
在众多的声音中，我只听一个声音，
我会停下脚步，区分原声与回响。

我是古典的还是浪漫的？我不知道。
我愿像将军留下他的剑一样留下我的诗行：
不是因为铸剑者的工艺高超而受人尊重，
是因舞剑之手的强劲有力才威名远扬。

我与那个总和我在一起的人交谈
——独自说话等候着向上帝倾诉的那一天——；
我的自言自语是与这位好友探讨
他曾将博爱的诀窍向我秘传。

最后，我不欠你们什么；可我的全部写作
你们都未曾偿还。我奔赴我的工作，
用我的钱支付穿的衣服、住的房间、
吃的面包和铺的床垫。

当那最后的旅行到来的时候，

当那一去不复返的船儿起航，

你们会在船舷上发现我带着轻便的行装，

几乎赤身裸体，像大海的儿子一样。

在这部诗集中，不能说他的风格有了根本性的转变，但已不再像以往那样展现个人问题，表现得比《孤寂》更有客观性。外部世界、周围人物、卡斯蒂利亚的历史和社会现象都深深地吸引着他，大自然已不再是精神的简单寄托，而变成了一个真实的存在。

他改变的原因，首先是开始相信诗人不应自私地孤芳自赏，他们有义务去反映所处时代的历史进程；诗歌实际上是诗人为了捕捉到事物本质和时代流变而与之进行的对话。其次，他的转型还要归功于卡斯蒂利亚的田野，把他从一味的内心思考中解放出来；而结识莱昂诺尔更是结束了无爱的苦闷，从而荡涤了《孤寂》中存在的焦虑颓丧之气。

在这本风格更加混杂的诗集中，诗人的灵感主要来自对卡斯蒂利亚田野批判而有富有诗意的视角。诗人对卡斯蒂利亚乃至于整个西班牙的过去、现在和未来进行了一系列的反思。他没有大肆渲染卡斯蒂利亚在经济和军事上曾经辉煌的成就，而是着重表现各种人为因素——工业欠发达、强制移民、统治者和思想家的妥协主义——所导致的西班牙乡村的贫困、落后与腐朽。就这样，尽管相对稍晚，马查多还是应和了“九八年一代”的主张。在巴埃萨居住期间，他渐渐实现了自己的愿望——“创作一种通俗的、大众的、与十九世纪个人主义决裂的诗歌”。这些批判性的思考，其中不乏对人类整体生活的实录，在他日益激越和诗化的视角中留下了印记。在《杜埃罗河畔》中，他这样写道：

……

那时的母亲孕育首领，
而继母只生养平庸的苦力。
一天，卡斯蒂利亚已不再是
如此卓越的母亲，当熙德得胜回还
对自己新的命运和富足充满自豪感，
向国王阿方索献上巴伦西亚的果园；
或者，在验证了其果敢的冒险之后
向皇室请求去征服印第安美洲广阔的河流；
她那时是战士、武士和军事首领的母亲，
孩子们乘着豪华的船只
返回西班牙，船上满载金银，对猎物，
他们是鹰隼；对格斗，他们是狮群。
如今修道院的羹汤供养的哲学家们，
无动于衷地注视辽阔的苍穹；
即便是商人们在莱万特码头的呐喊
也不过像梦中遥远的呼声，他们不会
上前，连一句“怎么了？”也不会问。
可战争已经敲开了他们的家门。
……

诗人笔下的此情此景，活脱一幅当时西班牙的缩影；诗人心中的所思所想，正是“九八年一代”作家的感受与焦虑。如果说在诗的气势与节奏上，这首诗与现代主义晚期的“新世界主义”（诸如达里奥的《致罗斯福》和乔卡诺的《美洲魂》）还有某些近似之处的话，它与现代主义诗歌的主体已完全没有可比性了。

在长篇谣曲《阿尔瓦冈萨莱斯的土地》中，马查多思考了人性的残酷和妒忌带来的恶果。该诗描写了两个急于得到遗产的不肖子弑父并将其埋在索利亚黑池塘的故事，最后，神奇而公正的自然力量惩罚了逆子。

《卡斯蒂利亚的田野》还收录了诗人的十四首献给与其志同道合的作家、思想家以及那些被他尊为师长的人们的颂歌。其中献给鲁文·达里奥的就有两首，其中一首是《悼鲁文·达里奥》：

> 既然在你的诗中充满世界的和谐，
> 达里奥，你还去哪里将它寻觅？
>
> 赫斯佩里亚的园丁，大海的夜莺，
> 对星星的音乐感到吃惊的心灵，
> 狄俄尼索斯将你拖进了地狱
> 你可会带着新鲜的玫瑰凯旋回程？
>
> 当寻找梦中的佛罗里达和永恒的
> 青春之泉，人们可曾伤害你，司令？

愿你清澈的历史留在母亲的语言中。
哭泣吧，西班牙所有的心灵。

鲁文·达里奥逝世在黄金的卡斯蒂利亚；
这新的语言穿过大海来到我们当中。

西班牙人啊，让我们在一块庄重的大理石
刻上他的姓名、笛子、诗琴和一段碑文：
除了潘，谁也不能演奏这笛子，
除了阿波罗，谁也不能弹拨这诗琴。

此外还有相当多关于他妻子染疾和过世的诗篇，其中大部分作于巴埃萨。像在《孤寂》中一样，诗人重又剖析自我，以很强的节制和张力，展现内心的痛苦。他曾在写给乌纳穆诺的信中表露其丧妻之痛："她的离去让我撕心裂肺。她是天使般的生灵，却被死神无情地召唤。我简直是崇拜她……真爱之上更是悲悯，我宁愿死一千次也不愿看她离去，宁愿以死一千次来换回她的生命！"

初到巴埃萨，诗人仍放不下对索利亚那些苦涩却又难以割舍的回忆，对自己的故土安达卢西亚反倒难以融合。尽管如此，眼前悲惨的社会现实还是逐渐激起了他批判、思辨的精神。1913 年他在给乌纳穆诺的信中说："您知道我为什么深爱着索利亚，我同样有足够的理由拥抱这块哺育我的土地，然而我总觉得杜埃罗河上游那贫瘠地区人们的灵魂更高尚，无论好坏，那些人的层次都更高。这个被称作'安达卢西亚的萨拉曼卡'的巴埃萨小城，有一所高中、一个神学专科、一个艺术学校、几所中学，识字的人不到百分之三十，书店里尽是明信片，祈祷书，神学书和黄色小报。这是哈恩最富庶的地方，城里却充斥着乞丐和破产的赌徒……人们也谈政治，所有人都是保守党。总之一群空虚的、完全被教会毒害的乌合之众……此外，乡下的人们吃苦耐劳，或者在极端困苦的条件下移民，但这几乎与自杀别无二致。”这一切都加深了马查多对西班牙未来走向的质疑，并且用冷眼旁观的讽刺态度描绘堕落的现实。

请看《一日之诗》的结尾：

从本质上说
我也不错，
有时，任性而又随意，
原创而又新奇；
这个我，生活并感觉自己
禁锢在一具难免一死的躯体，
唉！急不可耐地
要跳出这囚禁的樊篱。

这首诗作于巴埃萨，诗人的郁闷与无奈跃然纸上。在这本诗集中有一系列的“箴言与歌谣”，由一些零散的哲学、文学、社会、政治以及道德思考组成。其中有一首广为人知：

行人啊，你的足迹

就是路，如此而已；
地上本无路，
路是人走出。
……

读到这首诗，不禁令人想起鲁迅先生的小说《故乡》。先生在小说的末尾写道："我想：希望是本无所谓有，无所谓无的。这正如地上的路；其实地上本没有路，走的人多了，也便成了路。"两位文坛巨匠的思想何其相似！在西班牙，这两行诗可谓家喻户晓，妇孺皆知。北京塞万提斯学院建院后，将其图书馆命名为安东尼奥·马查多图书馆，并请北京大学资深教授赵宝煦先生用篆书书写了这两句诗，作为馆藏格言，是理所当然的事情。

《新歌》是马查多的最后一本诗集，出版于 1924 年。当时以胡安·拉蒙·希梅内斯为代表的先锋派为西班牙诗歌带来了具有实质性改变的新风，但马查多依然忠于他一贯的追求，将情感与理智、抒情与写景融为一体。《新歌》中有些诗歌让人联想到《卡斯蒂利亚的田野》，其中也包括对安达卢西亚乡村的描绘、对自己的反思、对童年的回忆和献给朋友的应景之作。在表达爱的苦恼时，诗人隐约透露了一些不为人知的私情，尽管他反复强调莱昂诺尔是自己此生唯一的至爱，但对别的女性的激情似乎冲淡了对亡妻的回忆。书中也有一系列重要的"箴言与歌谣"，或深刻，或幽默，或平淡，或神秘，都是作者的人生感悟和哲学思考。在这些关于哲学的诗作中，马查多宣扬寻求绝对而非主观真理的必要性，反对任何极端主义，鼓励对人坦诚相待并捍卫文学的简洁。此后，马查多没有再出版过任何一本新诗集，然而在相继面世的几版《诗歌全集》（1928、1933 和 1936）中出现了一些新的作品，其中最突出的是由诗歌和散文组成的《伪歌者集》。这个诗文集表现了他日渐加深的哲学倾向。这本诗文集取材于作者的阅读和亲身经历。他杜撰了两位塞维利亚哲学家阿贝尔·马丁和胡安·德·马伊瑞纳，借他们之口来表现现实与虚幻、记忆与遗忘、诗歌与哲学、创造与无为之间的矛盾。

书中还有献给碧拉尔·德·瓦尔德拉马（吉奥玛尔）的充满激情的诗。人们当然不会把它们归于任何伪歌者。值得一提的是，在西班牙内战期间（1936—1939），马查多以时事要闻为题材写了不少诗。他赞扬了苏联和墨西哥，两国均向西班牙第二共和国提供了支持和援助。

安东尼奥·马查多，诗如其人：平易中见深邃，朴实中见真情。正如《肖像》中所说，他的诗句从平静的泉水涌出，尽管他的“血管里有雅各宾派的血在流淌”。他从不赶时髦、追时尚，而是一步一个脚印地走自己的路。诗人的语言简洁、明快，没有精心的雕琢和多余的夸饰，更显字字珠玑和大家风范。诗人自己说，他的诗“不是坚硬、永恒的大理石，也不是绘画和音乐，而是刻在时间上的话语”。读过他的诗作之后，一定会得出“此言不谬”的结论。

赵振江

2022 年 12 月 8 日

目　录

孤寂、长廊及其他诗篇

（1899—1907）

孤　寂

Ⅱ

我走过多少道路，
开辟过多少小径，
在上百处海岸停泊，
在上百个海洋航行。

凄惨的行人，
随处可见
高傲，忧伤，
脸色阴沉的醉汉，

学究们注视着壁毯，
若有所思，默默无言，
他们精明，不理睬
酒吧的杯盏。

恶劣的行人

将大地糟践……

而我随处可见
人们在跳舞或赌钱，
当他们有能力承担
便把那巴掌大的土地照看。

他们每到一处
从不问是什么地方。
行路时，骑在
那老骡的背上。

即便是节日里
也不晓得匆忙。
有酒就喝酒；
没酒，凉水也一样。

他们都很和善，
度日，劳作，梦幻，
待到那如同往常的一天
便在地下长眠。

Ⅲ

广场，火红的橘树
欢快的硕果挂满枝头。

成群的孩子，
簇拥着走出学校，
昏暗广场的空气中
回荡着稚嫩的叫声。

死一般城市的角落，
洋溢着童年的欢笑……
我们昨天的场景，
依然游荡在古老的街道。

Ⅴ　童年记忆

冬日，阴冷的下午，
暗淡无光。孩子们
在课堂上。雨点
杂乱地敲打着玻璃窗。

孩子们正在上课。
挂图上是逃亡的该隐[1]，
死去的亚伯，
身旁有一滴鲜红的血痕。

老师是衣着褴褛的长者，
一本书拿在手上。
干瘦却声若洪钟，
雷鸣一般响亮。

简直是童声合唱
将课本反复诵念：
一千乘一百等于十万；
一千乘一千等于百万。

冬日，阴冷的下午，
暗淡无光。孩子们
在课堂上。雨点
杂乱地敲打着玻璃窗。

---

① 该隐（Caín）是亚当和夏娃的长子，亚伯（Abel）之兄。该隐种地，亚伯牧羊。耶和华看中了亚伯和他的供物，而没看中该隐及其供物，后者心生嫉妒，把弟弟杀死。

Ⅵ

夏日明亮的下午，困倦
而又悲伤。黑色的常春藤
布满灰尘，探出公园的围墙……
泉水在歌唱。

钥匙吱吱呀呀，在古老的栅门上；
生锈的铁门伴随着刺耳的声音
打开，当它重又关闭，傍晚
死一般的寂静发出沉闷的撞击。

在孤独的公园，水流那响亮
奔腾的歌谣将我引到泉旁。
泉水将自己的单调
倾泻在洁白的大理石上。

泉水唱道："哥，我现在的歌声
是不是让你想起了遥远的梦幻？
一个缓慢的下午，在一个缓慢的夏天。"

我回答泉水："妹啊，我想不起；
可我知道，你现在的歌声很遥远。"

“就是这样的下午：恰似今天
我的水将自己的单调倾泻在大理石上。
哥，你可记得？……你所见的
身后的爱神木，使你听到的清澈的歌声
暗淡无光。成熟的果实，
像火焰一样鲜红，在枝头摇晃。
哥，你可记得？……就是在夏天
在这样缓慢的下午，像现在一样。”

“泉水妹妹，我不知你的歌谣要对我说什么，
它是那么快乐，带着遥远的梦想。

我知道你快乐清澈的泉水
曾将树上那红色的果实品尝；
我知道我的苦涩是遥远的，
在古老夏日的傍晚沉醉于梦乡。

我知道你美丽的会唱歌的明镜
曾将爱情古老的痴迷模仿：
可是告诉我，语言迷人的泉水，
请告诉我那快乐的神话，它已被人遗忘。”

“我不知道古老快乐的神话，
我知道的故事，陈旧而又悲伤。

那是缓慢夏季的一个明亮的下午……

哥，你独自前来，带着你的凄凉；

你的双唇吻了我平静的水，

并在那明亮的下午倾诉了你的忧伤。

你燃烧的双唇倾诉了你的忧伤；

它们此时的渴望也就是那时的渴望。”

“永别了，响亮的泉水，

在昏睡的公园里永久地歌唱。

永别了；泉水啊，你的单调

比我的忧伤更加凄凉。”

我的钥匙吱吱呀呀，在古老的栅门上；

生锈的铁门伴随着刺耳的声音

打开，当它重又关闭，傍晚

死一般的寂静发出沉闷的撞击。

Ⅶ

憔悴的柠檬树将苍白

布满灰尘的枝条

悬在清泉的魅力上，

金色的果实

在泉底进入梦乡……

明媚的傍晚
近乎春光，
三月温和的傍晚，
沐浴着临近四月的气息；
我独自一人，在寂静的院中，
寻觅古老而又天真的憧憬：
有的影子映在白墙，有的记忆
留在沉睡喷泉的石栏上，
或者，有轻盈的外衣
在空气中飘荡。

傍晚的氛围
洋溢着那无形的芳香
她对光辉的灵魂说：永不，
却对心灵说：有望。

那馨香在唤醒
贞节和死去的芬芳的幽灵。

是的，我记得你，明媚、欢愉的傍晚，
近乎春光。
在没有鲜花的傍晚，
你给我带来

薄荷和罗勒的馨香，
那是母亲的花盆中常有的芬芳。

你见过我把纯洁的双手
浸入平静的水中，
去触摸那些迷人的果实，
而今天它们却在泉底畅游梦乡。

是的，我认识你，明媚、欢愉的傍晚，
近乎春光。

X

小巷的迷宫
通向冷漠的广场。
一边，是破落教堂
阴暗而又古老的高墙，
另一边，柏树和棕榈的
果园，发白的围墙，
面前，是家，
家里，栅栏，围着玻璃窗，
隐约可见她恬静、微笑的脸庞。
我会走开。不愿

叫你的窗……春天

来了——她洁白的衣裙

在沉寂的广场飘荡——；

她来点燃你玫瑰园里

红色的玫瑰花……我想见她……

XI

我梦着

傍晚的道路。

碧绿的松林，金黄的山岗，

灰尘笼罩在圣栎树上！……

路通向何方？

小路上的行人啊，

我在歌唱……

——黄昏垂下幕帐——。

“一根芒刺似的激情

扎在我心中；

一天，我将它拔除，

便失去了心灵。”

一时间整个田野

沉寂，昏暗，
悄无声响。风声
在河边的白杨中回荡。

傍晚更加昏暗；
道路蜿蜒
泛着微弱的白色
消失在朦胧间。

我重又悲哀地歌唱：
“金黄的芒刺啊，
谁会感觉到你
刺在自己的心上。”

XII

亲爱的，微风谈论着
你洁白的衣裳……
眼睛看不见你；
心却将你盼望！

清晨，风为我
带来你的名字；

山坡重复着
你脚步的回响……
眼睛看不见你；
心却将你盼望！

在阴暗的塔楼上
钟声不停地回荡……
眼睛看不见你；
心却将你盼望！

锤子的敲击
诉说黑色的棺木；
锄头的敲击，
诉说坟墓的地方……
眼睛看不见你；
心却将你盼望！

XIII

夏天的太阳走向
光辉的西方，像一把
巨大的圆弓在火烧云中央，
前面是翠绿的杨树林在河流两旁。

榆树上，蝉在无休止地鸣叫，
欢快而又枯燥的韵调
音色介乎金与木之间，
这是夏天的歌谣。

在阴暗的果园，
昏睡的水车转动着水罐，
深暗的枝条下听得见水的声响。
七月的傍晚，晴朗而又尘土飞扬。

我开拓着自己的路途，
沉浸在田野黄昏的孤独。

我想：“美丽的傍晚，庞大
诗琴的音阶，所有的随意与和谐；
美丽的傍晚，在这阴暗，空虚，
思念的角落，你能医治可怜的忧郁！”

泛着涟漪的河水流过桥洞，
远处，城市已入梦乡，
像被金光闪闪的神奇灯罩遮住一样。
清澈的水在石拱下流淌。

火红的晚霞在为一座座小山加冕，
山上点缀着黑色的橡树和灰色的橄榄。
我疲惫地走着，昔日的苦闷

压抑在心间。

阴暗中，
河水多么伤感，
从拱桥下流过，仿佛在说：

“游人啊，可怜的小船
刚刚从岸边的树上解开缆绳，
有人唱道：我们无足轻重。
在可怜河流的尽头，茫茫大海在将我们久等[1]。”

阴郁的河水流过桥洞。
（我想：啊，我的魂灵！）

傍晚，我驻足片刻，
冥思苦想……
风中的水滴究竟是何物，
它在向大海呼喊：我是海洋？

鞘翅的歌声响彻田野
使空气嗡嗡地振动，
仿佛在播种
无数的金铃。

---

① 在西班牙文化传统中，生命是河流，而大海是死亡。见豪尔赫·曼里克（Jorge Manrique，1440—1478）的《悼亡父谣》。

一颗钻石般的明星
闪耀在蓝色的天空。
热风吹过
使道路变得朦胧。

尘土飞扬的傍晚，
我返回城。昏睡的水车
吱吱作响。在昏暗的树枝下
只闻哗哗的水声。

XV

街道在阴影中。高大破旧的民房遮住
正在逝去的太阳；阳台上有着光的回响。

在花团锦簇般迷人的看台上，你没看见，
那熟悉的、粉红色椭圆的面庞？

在映像变形的玻璃后面，那形象
时隐时现，同古老的银版照片一样。

落日的反光渐渐消逝；
街道上只有你脚步的声响。

苦闷啊！沉重而又心痛。难道是她？

不可能……是星星……运行在碧空。

XVI

你总逃避，又总在

我身旁，黑色头巾

岂能将苍白面容

那不屑的神情隐藏。我不知

你要去哪里，夜晚也不知

你贞洁的美去何处寻觅新房。

不知怎样的梦能合上你的双眼，

不知谁将躺在你多情的枕旁。

……………………………………

请停下，请停下啊，

孤傲的美人……

我愿将你双唇苦涩的

苦涩的花瓣亲吻。

XIX

一个个翠绿的花园，
一座座明亮的广场，
碧绿的清泉
水在那里梦想，
无声的水
滑落在石头上！……

九月的风
亲吻金合欢
枯萎的、近似
黑色的叶片，
吹走一些
发黄的枯叶，
嬉戏在
白色的灰尘之间。

漂亮的小姑娘
你将清澈的河水
盛满水罐，
看见我时，
没有不经意地

用黝黑的手
掠起黑色的发髻，
然后，也没有
对着明净的玻璃
欣赏自己……

你只是一边
将清澈的河水盛满水罐，
一边注视着
美丽傍晚的苍天。

道　路

I　前奏

今天，当神圣爱情的影子经过，我要
在古老的乐谱架放一曲甜蜜的赞歌。
当渴望四月短笛芬芳
我将回忆起肃穆的管风琴的音响。

秋天的苹果将洋溢成熟的清香；
没药和焚香将自己的气味歌唱；
在鲜花盛开的果园平静的阴影里
玫瑰将散发清爽的芬芳。

对音乐和芳香缓慢而又沉重的吻合
我祈祷之单独、古老而又高尚的理由
让鸽子高扬它温柔的飞翔
让洁白的语言上升到祭坛上。

Ⅲ

时钟敲着十二响……那是锄头
在土地上的十二次拍打……
“我的时刻！”我喊道。
寂静回答我：“不必害怕；
你不会看见最后一个水滴
在时漏上颤抖着落下。

在古老的河岸
你还要睡很长的时间，
但在一个纯净的早晨
你会发现自己的小船
拴在另一个河岸。”

Ⅳ

在道路赤裸的土地上
开出花样的时光，
从背阴弯道上低洼的山谷，
长出孤独的山楂树。

声音微弱的真正的赞美诗
今日重归于心，
破碎、颤抖的话语
重归于唇。

我昔日的大海已进入梦乡；
贫瘠的海滩上，涛声不再响亮。
在密布的乌云中
暴风雨走向远方。

天空平静如常，
守护的微风又在田野
播撒芬芳，你的身影
在幸运的孤独中荡漾。

V

太阳像一个火球，月亮
像紫红色的唱盘一样。

一只白鸽栖息
在高高的百年古柏上。

方方正正的爱神木的树苗
恰似灰糊糊干枯的绒毛。

花园和宁静的傍晚！……
水流响彻大理石的喷泉。

Ⅵ

长袍微弱的声息
飘过贫瘠土地！……
一口口古老的钟
流出响亮的泪滴！

天边临终的火炭
冒着青烟……
家里白色的幽灵
要将星星点燃。

“打开阳台。
幻想的时刻在降临……”
傍晚已睡稳，
钟已入梦。

Ⅶ

衣衫褴褛的乞丐
在大理石的台阶上：
每日，门廊里
最卑微也最遥远的形象！

可怜的人们啊，
涂抹着永恒的圣油，
从破旧的披肩和斗篷下
露出她们的双手！

明亮、寒冷的早晨
在最平静的时刻，
清醒的幻想
可从你们的身旁经过？……

黑色的长袍下
她的手是白色的玫瑰花……

Ⅷ

傍晚仍将为你的祈祷
送来黄金的香气，
新的一天的苍穹
或许会缩小你孤独的身影。

但是你的节日不在遥远的海外，
而在舒缓的河边的寺院；
你的凉鞋不会踏在困倦的平原，
而将走上令人烦恼的沙滩。

朝圣者啊，一路上
你不在乎客栈的甘露
和路边的荫凉；
朝圣者啊，你梦中神圣、翠绿、
繁花盛开的土地，就在不远的前方。

Ⅸ

我们想在爱情中

创造爱的欢乐，
在无人践踏的山岗
点燃新的芬芳，

并保留我们
白皙面容的秘密，
因为在生命的酒神节上，
酒杯空空荡荡，

当金黄的葡萄汁在欢笑
伴随着水晶和泡沫的回响。
……………………………………
隐藏在孤独的公园
树丛中的一只鸟
发出嘲弄的嘶鸣……
　　　　　　　　　我们在杯中
榨取梦的朦胧……
还有，那是我们肌肤上的土地，
感觉到花园的潮湿像甜言蜜语。

X

孤独而又可爱的少女啊，

有一种神秘燃烧在你的眼睛。

我不知你黑色箭囊
射出的光芒是仇恨还是爱情。

你将与我同行，我的身体
会投下阴影，沙粒会留在鞋中。

“你是我旅途中的干渴还是清泉？”
告诉我，孤独而又纯贞的伙伴。

XIII

黑色的柏树后面
紫色黄昏的火炭在冒烟……
昏暗的街心广场上有一眼喷泉，
长着翅膀、赤裸的石雕的爱神，
在默默地做梦。大理石的池里，
一潭死水在那里栖息。

XIV

亲爱的……可还记得
那些稚嫩的灯芯草，
憔悴，枯黄，
生长在干涸的渠道？

你可记得，
枯萎的虞美人，
田野黝黑的发梢
被炎夏炙烤？

可记得，早晨，
僵硬、恭顺的太阳，
颤抖着将光的碎片
洒在冰冻的大地上？

XV

一个春天的黎明曾告诉我：
“我曾在你忧郁的心中盛开，

好多年了，年迈的行人，
你不把路边的花采摘。

你忧郁的心，难道还保留着
我昔日百合那昔日的芬芳？
我的玫瑰可还在你钻石般的梦中
将那仙女洁白的额头熏香？”

我这样回答清晨：
“我的梦里只有水晶。
我不认识梦中的仙女，
也不知花儿是否开在心中。

但是如果你保留着纯洁的清晨，
她一定会将水晶的杯子打破。
仙女或许将你的玫瑰给你；
送给我的心是你的百合。”

XVI

一天，我们坐在小路旁。
我们的生命是时间，仅有的不幸
是我们在等候时绝望的姿势……

她总是如约而至。

XVII

那是一个年轻的形体
一天，到我们家里。
我们问她：
“为何重回故居？”
她打开窗，整个田野进来
沐浴着阳光和芬芳。
树干已变成黑色
在白色的小路上；
树冠的叶子
是绿色的烟云，梦在远方。
白色的晨雾中，
宽阔的河流像湖泊一样。
另一个幻想
漫步在连绵的山岗。

XVIII

噢，友好的夜晚，年迈的情人，
请告诉我，你带来了我梦中的画卷，
它总是那么孤寂，那么荒无人烟，
只有我的幽灵，
我可怜、悲伤的阴影，
游荡在骄阳似火的草原，
要么就是梦见苦难
在所有神秘的声音中间，
多年的情人，如果知道，请告诉我，
我流出的眼泪是不是我的？
夜晚回答说：
“你从未向我袒露你的秘密。
亲爱的，我从不知道
你梦中的魂灵是否就是你本人。
也不曾弄清他的声音
是你的还是荒唐小丑的声音。”

我对夜晚说：“撒谎的爱人，
你知道我的秘密；
你见过那深邃的洞穴，

我的梦在那里制造自己的水晶。
你知道我的眼泪是我的，
你明白我的痛，我古老的苦痛。”

夜晚说：“噢，我不知道。亲爱的，
我不知道你的秘密，
虽然我见过你所说的痛苦的魂灵
游荡在你的梦中。
当灵魂哭泣的时候我靠近他们，
倾听他们内心的祈祷，
卑微而孤独，
被你称作真正的赞美诗的祈祷；
但是在灵魂的深层，
我不知道啼哭是原声还是回声。”

为了倾听从你口中说出的抱怨，
我寻找你，在你的梦中，
我在那里看见
你游荡在镜子模糊的迷宫。

歌　集

I

四月花儿鲜，

开在我窗前。

在茉莉和

白玫瑰中间，在鲜花

盛开的阳台上，

我看见两位姑娘。

姐姐在纺线；

妹妹缝衣裳……

在茉莉和

白玫瑰中间，

最小的姑娘

笑容可掬玫瑰色的脸庞

——针在手中飞舞——，

注视我的窗。

姐姐白皙，沉静，
不停地纺线，
纺锭缠绕着亚麻
不停地旋转。
四月花儿鲜，
开在我窗前。

一个明朗的傍晚
在白玫瑰
和茉莉中间，
姐姐泪涟涟
亲手纺的白麻线
就摆在面前。
我问她：“你怎么了，
白皙、沉静的姑娘？”
她指一指妹妹
开始缝的衣裳。
在黑色的长袍上
针儿在闪光；
白银的顶针
闪耀在白纱上。
她指指那四月的傍晚
还沉醉在梦乡，

此刻在耳边
钟声在回响。
在那个明朗的傍晚
我见她泪流满面……
四月花儿鲜，
开在我窗前。

又是一个愉快的四月，
又是一个恬静的傍晚。
鲜花盛开的阳台
显得多么孤单……
不见了妹妹
笑容可掬玫瑰色的脸庞，
也不见姐姐——
白皙，沉静，忧伤，
不见了雪白的纱巾，
也不见黑色的长袍……
只剩下亚麻线
被无形的手
旋转在纱锭上，
昏暗的客厅里
月亮
在明镜上闪光……
鲜花盛开在阳台上，

在白玫瑰

与茉莉之间，

我注视着

明镜中的月亮

梦想着远方……

四月花儿鲜，

开在我窗前。

Ⅲ　彬彬有礼的清点

你的眼睛让我想起

夏天的夜晚，

月亮不见踪影，

咸涩的海边，

星星闪烁

在漆黑、低沉的天空。

你的眼睛

让我想起

夏天的夜晚。

你黝黑的肌肤，

让我想起对晒干的麦田

和成熟的田野

那火的迷恋。

你妹妹娇弱而又鲜艳，
像忧郁的灯芯草，
像忧伤的垂柳，
像浅绿的亚麻。
你妹妹是一颗明星
在遥远的碧空中……
是黎明，是寒冷的微风，
吹拂着可怜的杨树，它们
在寻常而又温顺的河边
抖个不停。
你妹妹是一颗明星
在遥远的碧空。

我愿自己的酒杯
斟满你吉卜赛人的梦想，
斟满你黑色的优雅
和忧郁的目光。
我愿一个夜晚
漆黑、低沉的天，
我酩酊大醉，
在咸涩的海岸，
只为与你一起歌唱

将灰烬留在唇上……
我愿自己的酒杯
斟满你忧郁的目光。

三月
一个宁静、忧伤的清晨，
我要为你美丽的妹妹
采摘杏树
初绽的白花。
我要用清澈的溪水
将它们浇灌，
将它们与河湾采来的
碧绿的灯芯草扎在一处……
我要为你漂亮的妹妹
化作洁白的花束。

Ⅳ

一个春天的傍晚
曾经对我表明：
如果你在大地上寻找
开满鲜花的路径，

请缄默不语，

倾听你古老的心灵。

雪白的亚麻布

愿你穿在身上

既是你的孝服，

又是你节日的盛装。

如果你在大地上寻找

开满鲜花的路径，

请爱你的快乐，

也爱你的忧伤。

对着春日的傍晚，

我的回答是这样：

“你说出了祈祷的秘密

在我的灵魂中：

我恨快乐，

因而也恨悲痛。

但是未曾踏上

你繁花似锦的路径，

我愿给你带来

死去、老迈的心灵。”

幽默，幻影，笔记

伟大的创造

I　水　车

傍晚垂下幕帐
弥漫着灰尘和忧伤。

水车缓缓地转动，
水花在水斗里飞扬，
将自己
平凡的歌吟唱。

可怜的老骡！
阴影在水中作响，
伴随阴影的节奏
在畅游梦乡。

傍晚垂下幕帐
弥漫着灰尘和忧伤。

我不知哪位诗人

神圣而又高尚，

将梦想之水

甜蜜的和谐

融入了

永恒之轮的苦涩，

并蒙住你的双眼，

啊，可怜的老骡！……

但我知道是一位诗人

高尚而又神圣，

他有一颗成熟的心灵

一半是科学，一半是阴影。

Ⅸ 噩 梦

广场一片昏暗；

白昼在死亡。

遥远的钟声作响。

玻璃的阳台和窗

用奄奄一息的反射

闪烁着光芒，
像发白的骨头
和模糊的骷髅一样。

整个傍晚
闪着噩梦的光。
夕阳西下。
我的脚步在回响。
“是你吗？我等你很久了……”
“我要找的人不是你”。

Ⅻ 劝 告

1

这想要的爱
竟然这么快；
可刚刚过去的
何时会再来？

今天离昨天很远，
昨天永不再回还！

2

手中的钱币
也许应该保留；
心灵的钱币
不花也会丢。

XIV

昨晚我入睡时
梦见，啊，美妙的幻想！
一股清澈的泉水
在心里流淌。
我说："新的生命之泉
我从未饮过，你从
哪条隐蔽的沟渠
来到我身旁？"

昨晚我入睡时
梦见，啊，美妙的幻想！
在我的心里
有一个蜂房；
金黄色的蜜蜂

在那里奔忙，
用古老的苦涩
酿出白色的蜡和蜜浆。

昨晚我入睡时
梦见，啊，美妙的幻想！
一轮火红的太阳
照耀在我的心上。

它所以火红，
因为有炉膛的颜色，
它所以是太阳，
因为它让人哭泣又将人照亮。

昨晚我入睡时
梦见，啊，美妙的幻想！
原来是上帝
降临在我的心房。

XV

心儿已入睡？
梦想的蜂房

已停工?

思想干枯的水车，

空空的水斗

充满阴影，在转动?

不，我的心没有入睡。

它还清醒，清醒。

既未睡着，也未做梦;

睁着明亮的眼睛，

注视着远方的信号，

在万籁俱寂的岸边倾听。

长　廊

I　导　言

在一个晴朗的日子
读着可爱的诗句，
我看见，在自己梦中
深深的镜子里

一个神圣的真理
在颤抖，是由于恐惧，
就像一朵花儿
想把自己的芬芳向风抛去。

诗人的灵魂
向着神秘。
只有诗人能够观察
灵魂中远处
洋溢着浑浊
和魔幻旋律的事物。

在记忆
没有尽头的长廊，
可怜的人们
挂起节日盛装，

破败而又陈旧
像战利品一样。
诗人在那里
会注视梦中
金色的蜜蜂
那永恒的劳动。

在残酷的战斗
或安静的果园中，
诗人们用灵魂
关注深邃的天空。

我们用昔日的痛苦
酿制新鲜的蜂蜜，
耐心缝制
洁白的圣衣，
沐浴着阳光
将坚硬的铁甲擦亮。

没有梦想的心灵，

敌对的明镜，
用荒唐的侧影
将我们的形象投映。

我们感到
胸中的热血沸腾，
过去吧……我们
微笑着，又开始劳动。

Ⅴ　童年的梦

节日晚上
皎洁的月亮，
我的梦想，
欢乐的时光

——我的灵魂是月光
今日雾霭迷茫
那时我的头发
尚未乌黑闪亮——，

最年轻的仙女
将我抱在怀中

带我到沸腾的广场
那是欢乐的海洋。

彩灯光辉灿烂
宛如火星四溅，
爱情在编织
舞蹈缤纷的彩线。

在那节日的晚上
头顶皎洁的月亮，
那是我的梦想
我的快乐时光，

最年轻的仙女
吻我的前额不断
挥动美丽的手
向我说再见……

所有的玫瑰园
都会使芬芳飘散，
所有的爱情
都会有初恋。

Ⅶ

假如是一位殷勤的诗人，
我会唱一首清纯的歌
像洁白大理石上的泉水一样
晶莹，献给你们的眼睛。

在一个水的诗节中
整首歌会是这样：

“我知道你们的明眸
闪耀着宁静美好的光芒，
它们不会回答我的眼睛，
不发问而只是观赏，
有一天我在母亲的双臂中见过
这鲜花世界的美好时光。”

Ⅷ

天空晴朗，带着素馨的芳香，
风儿叩响我的心房。

——我要你玫瑰的所有芬芳，
作为对这馨香的报偿。

——我没有玫瑰；
我的花园里已经没有花朵：它们都已死亡。

——我将带走泪水的源泉，
枯黄的叶片和凋残的花瓣。

风逃走了…… 我的心在流血……
灵魂啊，你把自己可怜的花园变成了什么？

Ⅸ

如今你将徒劳地
为痛苦寻找慰藉。

你的仙女们
使你无法编织美梦。
清泉默不作声，
花园一片凋零。
如今只剩下泪水。
不许哭，安静！

XII

多么可爱的房子啊，
她曾在那里居住。
在一堆废墟的瓦砾上，
木制的框架已呈黑色
并遭虫蛀，这表明
它没有受到应有的保护。

明月在窗上闪着银光，
并将它倾泻在梦乡。
衣着寒酸而又凄凉
我走在老街上。

XIII

在傍晚苍白的画布前，
阴沉的教堂高耸，
钟楼宽阔，
塔楼刺苍穹，
钟在轻柔地摆动。

那颗星
是晴空的一滴泪。
一朵缥缈的白云，
像松散的羊绒，
在那颗明亮的星下浮动。

XV

我，就像阿那克里翁[①]，
我愿歌唱，欢笑，
并愿将明智的痛苦
和沉重的劝告抛向风中。

尤其想大醉一场，
你们知道……多么荒唐！
纯粹对死的信仰，可怜的欢畅
和恐怖的舞蹈，胜似时光。

① 阿那克里翁（Anacreonte，约前582—约前485），古希腊抒情诗人。其歌颂爱情和美酒的诗篇对后来的诗人有较大的影响。

XVII

消沉、混乱、灰色的傍晚，
就像我的心灵；
习以为常的自我怀疑症
在由来已久的痛苦中。

我不知道也无从了解
这痛苦的根源；
但是我回忆，回忆着，说：“是的；
那时我是男孩，而你，是我的女伴。”

*

这不是真的，痛苦，我认识你；
你是对幸福生活的记忆，
是阴暗心灵，是没有失事者
和星星的船只的孤寂。

如同路上一只被人遗忘，
没有踪迹，没有嗅觉，
没有出路的丧家犬，
像一个孩子，在节日的夜晚

迷失在人群中间，
空气中尘土飞扬，
烛花飞溅，音乐和痛苦
使他的心惊恐不堪，

我就是这样，醉酒、
忧伤、疯癫的吉他手，
诗人，可怜的梦中人，
总在迷雾中，将上帝找寻。

XVIII

魔幻世界要和你一起死去？
记忆在那里保存着
初恋白色的影子，
生命最纯洁的气息，

直通你内心的声音，
你想在梦中留住的手臂，
以及所有的爱情
从心灵一直延伸到天际。

在你新的秩序里，旧的生命

新的世界都要和你一起死去？
难道你灵魂的炉膛和铁砧
只是为了风和灰尘？

XIX

大地一片赤裸，
灵魂向着苍白的地平线呼号
如同饿狼。你在寻找什么，
诗人啊，在这日落的时刻？

艰苦的跋涉，心中的路
沉重。冰冷的风，
降临的夜，远方的痛！……
在白色的路上

几棵僵硬的树木变成了黑色；
远方的山上有黄金和鲜血……
太阳死了…… 你在寻找什么，
诗人啊，在这日落的时刻？

XX 田　野

傍晚在消逝
好像简陋的灶在熄灭。

在那里，山峦间，
剩下几块火炭。

白色路上的树折了
使人同情地啼哭。

两根枝条长在受伤的树干，
枝条上有黑色枯萎的叶片！

你在哭泣？……远处，
金黄的杨树林里，爱的影子在等你。

XXV

春天温柔地
亲吻着树林，
碧芽初绽

像一片绿烟。

白云朵朵
掠过青春的田野……
叶片
我看到四月的春雨绵绵。

我在杏树下想到——
树上花枝招展，
对没有爱情的青春
我发过诅咒的怨言。

如今人到中年，
思考再三……
青春啊，未曾体验，
谁会在梦中再将你挂牵！

XXVI

昨天
我的痛苦
如同蚕在作业；
今天已化作黑色的蝴蝶。

我从多少苦涩的花中
将白色的蜂蜡酿成！
时间啊，我的痛
像勤劳的蜜蜂！

今天像燕麦在发疯，
或黑麦草在萌生，
像麦穗上的疾病，
木材上的蛀虫。

时间啊，我那时的痛
淌着美好的泪，
像水车正在浇灌
果园的水！
今天已是激流湍急
将淤泥卷起。

昨天，痛苦
将我的心灵变了成蜂房，
今天却把它
当作古老的城墙：
想迅速地，用镐
将它推倒。

XXVII 再 生

灵魂的长廊……，灵魂姑娘！

她那微笑的清澈之光；

短小的历史

和新生的欢畅……

啊，再生，前行，

重拾迷失的小径！

在我们的手中重新感受

母亲善良的手在搏动……

它牵着我们，它的爱

使我们行走在梦中。

*

在我们的灵魂中

一切都被神秘的手驾驭。

我们对自己的灵魂一无所知，

它们不可思议，默默无语。

智者最深沉的话语

教会我们

刮风时的呼啸，
或流水时的声音。

XXX

树木还保持着
绿色的树冠，
但只剩消沉的绿色
和枝叶的枯干。

泉水
在粗糙的岩石上
静静地滑行，
嫩绿色将它遮笼。

风卷起一些
发黄的叶片。
傍晚的风
掠过阴暗的地面！

杂　　录

Ⅳ　世俗的歌谣

昨天的诗人，今天变成了
过时的哲学家，可怜而又伤心，
我在今天的铜币上
找到昨天变化了的黄金。

既无快乐也无运气，
我的青春，第一个青春
像幻想一样逝去……
她绝无仅有；
表里如一。

我的青春多么可爱，
浓烈而又放荡，
充满民歌与美酒，
像旋风一样。

今天

我望着记忆的长廊，
将昨日忧伤的哀歌——
哈利路亚[①]吟唱。

再见了，歌唱的泪，
你们曾快乐地流淌，
像纯净的水
在清泉上回响！

青春的爱情
汇成美好的泪滴，
像新鲜的雨露
洒在四月的田里！

一个平静的晚上
夜莺已不再歌唱；
我们从爱的痛苦中痊愈
它哭泣而不忧伤。

昨天的诗人，今天变成了
过时的哲学家，可怜而又伤心，
在今天的铜币上
找到昨天变化了的黄金。

---

① 哈利路亚是欢呼语，对上帝的赞美词，又指编造的故事。

V　冬天的太阳

中午。公园。
冬天。白色的小道；
匀称的山包
干枯的枝条。

暖棚，
橘树在盆中，
棕榈，种在
绘成绿色的木桶。

一位老人说道，
对他的外衣：
“太阳，多美丽！……”
孩子们在嬉戏。

泉水
滑动，流淌，憧憬
舔着发绿的岩石，
几乎默不作声。

卡斯蒂利亚的田野

（1907—1917）

I 肖像

我的童年是对塞维利亚一个院落
和一个明亮果园的记忆，柠檬在果园里成熟；
我的青春，卡斯蒂利亚土地上的二十年；
我的历史，有些情况我不愿回顾。

我不是骗人的诱惑者也不是唐璜式的人物[①]；
——你们已经熟悉我笨拙的着装——；
但是丘比特向我射了一箭
我便爱那些女性，只要她们热情好客。

我的诗句从平静的泉水涌出，
可我的血管里有雅各宾派的血在流淌；
我不仅是一个善于运用自己学说之人，
而且从美好的意义上讲，我很善良。

我崇尚美，在现代美学中
我采摘龙萨[②]的果园中古老的玫瑰；

---

① 原文中的伯拉多明（Bradomín）是巴列-因克兰小说中的人物，贫穷、貌丑的天主教徒，但多风流韵事。

② 龙萨（Ronsard，1524—1585），法国文艺复兴时期七星诗社的主要诗人。他在法国诗坛的地位，在雨果之前无人能比。

然而我不喜欢目前时兴的梳妆
也不是那种追求新奇啼鸣的鸟类。

我看不起空洞的男高音的浪漫曲，
也看不起蟋蟀在月光下的合唱。
在众多的声音中，我只听一个声音，
我会停下脚步，区分原声与回响。

我是古典的还是浪漫的？我不知道。
我愿像将军留下他的剑一样留下我的诗行：
不是因为铸剑者的工艺高超而受人尊重，
是因舞剑之手的强劲有力才威名远扬。

我与那个总和我在一起的人交谈
——自言自语等候着向上帝倾诉的那一天——；
我的自言自语是与这位好友探讨
他曾将博爱的诀窍向我秘传。

最后，我不欠你们什么；可我的全部写作
你们都未曾偿还。我奔赴我的工作，
用我的钱支付穿的衣服、住的房间、
吃的面包和铺的床垫。

当那最后的旅行到来的时候，
当那一去不复返的船儿起航，
你们会在船舷上发现我带着轻便的行装，

几乎赤身裸体，像大海的儿子一样。

Ⅱ 杜埃罗河畔

七月中旬。这是美好的一天。

我，独自一人，顺着岩石的裂缝，

慢慢地，寻找阴影的转弯。

时而停下，擦擦额头的汗

缓和一下胸中的气喘；

或者，加快步伐，屈身向前，

向右转，疲惫不堪，拄着

或许是牧羊人遗落的手杖，

攀登高空猛禽盘踞的山峦，

脚下是味道浓烈的野草（鼠尾草，

薰衣草，迷迭香，百里香）。

火红的太阳照耀在贫瘠的农田。

一只秃鹫威武地展开宽阔的翅膀

独自穿越纯净、蔚蓝的天空。

我望见，远方，一座盾牌似的山梁

和一座高耸、陡峭的山峰，

紫色的丘陵在棕褐色的大地上

——古老的铠甲成了碎片——，
杜埃罗河在光秃的山岭中转折，
像一张环绕索利亚的弯弓。
——索利亚像一座碉堡，它那
卡斯蒂利亚塔楼面向着阿拉贡。
我看见昏暗的山峦封闭着地平线，
橡树和圣栎树覆盖着群峰；
裸露的峭壁中，一小块草地
绵羊在那里吃草，公牛跪在那里
反刍，在夏天明朗的阳光下，
河岸炫耀着绿色的杨树，悄然无声，
远处的行人，多么渺小！
——马车、骑手和脚夫——，
正穿越大桥，在石头的桥洞下
杜埃罗河的银波越来越朦胧。

杜埃罗河穿过伊比利亚
和卡斯蒂利亚橡树的心灵。

啊，凄凉而又高尚的土地，
高原、荒野和岩石的土地，
没有耕耘的田野，没有树林和小溪；
没落的城市，没有客栈的道路，
惊呆的村夫，既不唱歌也不跳舞

抛却即将熄灭的炉灶，依然走在路上，
卡斯蒂利亚，像你的长河一样，奔向海洋！

可悲的卡斯蒂利亚，昨天的统治者，
浑身褴褛，却蔑视一切自己不懂的东西。
等待、沉睡还是梦想？她曾有着
对剑的狂热，可记得血的流淌？
一切都在运动、奔涌、流逝、旋转；
一切都在变：海洋、高山和注视它们的目光。
过去了吗？一个将上帝置于战争之上的民族，
他的幽灵依然在田野上游荡。

那时的母亲孕育首领，
而继母只生养平庸的苦力。
一天，卡斯蒂利亚已不再是
如此卓越的母亲，当熙德[①]得胜回还
对自己新的命运和富足充满自豪感，
向国王阿方索献上巴伦西亚的果园；
或者，在验证了其果敢的冒险之后
向皇室请求去征服印第安美洲广阔的河流；
她那时是战士、武士和军事首领的母亲，
孩子们乘着豪华的船只
返回西班牙，船上满载金银，对猎物，

① 熙德（Cid），西班牙最古老的英雄史诗《熙德之歌》的主人公。

他们是鹰隼；对格斗，他们是狮群。
如今修道院的羹汤供养的哲学家们，
无动于衷地注视辽阔的苍穹；
即便是商人们在莱万特码头的呐喊
也不过像梦中遥远的呼声，他们不会
上前，连一句“怎么了？”也不会问。
可战争已经敲开了他们的家门。

可悲的卡斯蒂利亚，昨天的统治者，
已浑身褴褛，却蔑视一切自己不懂的东西。

夕阳西下。从遥远的城市
传来了悦耳的钟声
——服丧的老妇们去诵经。
山岩间窜出两只可爱的鼬鼠；
看着我，离开，逃走，重又出现，
奇怪！……田野在变暗。
客栈开向白色的道路
开向阴暗的田野和荒凉的山岩。

Ⅲ　在西班牙的土地上

这些田野之人焚烧松林

并将其掠夺珍藏为战利品，
从前他根除了黑色的橡树，
砍伐了山区繁茂的栎树林。

今天看到可怜的孩子们逃离家园；
暴风雨将大地上的烂泥席卷
沿着神圣的河流奔向广阔的海洋；
他在恶劣的荒原上劳作，受苦，流浪。

他是粗鲁的跋涉者家族的后代，
放牧并引导成群的美利奴绵羊
去肥沃的埃斯特雷马杜拉，迁徙的羊群
被灰尘弄脏，被旅途的太阳晒成金黄。

瘦小，灵敏，狡黠，饱经风霜
男人的眼睛，深陷，疑虑，多动；
轮廓似弯弓，在颧骨突出的
消瘦的脸上，眉毛格外浓。

乡野的村镇多坏人，
有不良嗜好，犯野蛮的罪行，
褐色的长袍包藏着丑恶的魂灵，
对“七宗大罪”[①]唯命是从。

---

① 天主教的七种罪行分别是傲慢、嫉妒、暴怒、懒惰、贪婪、暴食和色欲。

妒忌或悲伤使他有混浊的目光，
对邻居的捕获落泪，将自己的珍藏；
不终止不幸也不享受财富；
幸运和灾祸伤害他并使他遭殃。

这些田野之神血腥而又残忍；
在远方的小山上，当傍晚降临，
你们会看到一个弓箭手变成了
肯陶洛斯[①]，无比高大的巨人。

你们将看到军事的平原和禁欲的荒野
——沿着这些田野并非圣经中的花园——；
这是地球的一块，是雄鹰的土地，
该隐的影子穿过并游荡在这里。

Ⅳ 济贫院

济贫院，外省古老的济贫院，
嘈杂凌乱，屋瓦熏黑的大房子，
夏日里燕子筑巢，
冬夜间乌鸦怪叫。

① 肯陶洛斯（Centauro），希腊神话中的半人半马怪。

靠北面的三角墙，在古堡的
两个岗楼中间，破旧的建筑
墙体开裂，脏乱不堪，那是
永远阴暗的角落。老旧的济贫院！

当一月的太阳放射微弱的光芒，
荒芜的田野笼罩着曚昽忧伤的阳光，
当一天快要结束，几张苍白
惊讶病态的面孔探出窄窄的小窗，

观看蓝色起伏的山岗；或者，
从洁白的苍穹，落入墓葬，
洁白、寂静的雪花，
落在寒冷的大地上。

V　伊比利亚人的上帝

就像歌谣中
赌输赢的弓弩手，
伊比利亚人似乎有一支箭
要射向那位毁掉麦穗
破坏秋收的上帝，

而向那位使麦粒饱满的上帝
却要献上赞美的歌谣
因为麦粒将成为他明天神圣的面包。

“破产的主啊
我崇拜，因为我期盼和畏惧：
我的祈祷使亵渎神明的心
倾倒在大地。

主啊，由于你，我用痛苦争取面包，
我了解你的力量，认识自己的镣铐！
啊，夏日乌云的主宰在摧毁农田，
执掌着秋天的干枯，
烧焦禾苗的炎热
和迟来的冰雹！

彩虹的主啊，
羊在碧绿的田野上吃草；
主宰着害虫对果实的啃咬
和摧毁茅屋的狂飙！

你的气息点旺灶膛的火焰，
你的光辉使金黄的谷粒饱满，
你使绿色橄榄的果核成熟，

你神圣的手将圣胡安之夜[1]点燃！

主啊，你是财富和贫穷，
幸福与厄运的主宰，
献给富人恩惠和懒惰
却只给穷人带来辛苦和期待！

主啊，主啊：我看到自己
播下的种子，在一年中
反复无常的轮子里，
如同赌徒下注时的钱币！

主啊，今天是慈父，昨天鲜血淋漓，
你有仁爱与复仇的两张面孔，
我对你的祈祷、亵渎和赞美，
都在赌徒投出的色子中！”

这个在神坛诅咒上帝的人，
不再关注命运之神的眉头，
他也梦见了路在海上
并说：“上帝通向死亡。”[2]

---

① 圣胡安节（San Juan）是天主教的节日，在六月二十四日，这是一年中白昼最长的一天。晚上，人们点篝火、放烟花以示庆贺。

② 这句诗的原意是：“上帝是海上之路”。在西班牙诗歌传统中，“生命是河流，大海则是死亡”，译者在此采用了“海洋”的引申意义。

他可是那个将上帝
置于战争之上的人？
他全然不顾命运，超越
大地，也超越海洋和死神。

难道伊比利亚的橡树
不曾为上帝之火奉献美好的枝条？
难道在爱的圣火里，它不是和上帝
在纯粹火焰中一起燃烧？

但是今天……一天有什么要紧！
为了新的灶神
有草地在阴暗的树丛，
有木柴在古老的圣栎树林。

长远的祖国依然在期待
向弯曲的耕犁敞开它的田地；
在铁兰、蒺藜和牛蒡中
播种上帝的谷粒。

一天有什么要紧！昨天
警惕明天，明天警惕永远；
西班牙人不曾死，过去也不曾死，
明天尚未书写——昨天也尚未写完！

谁见过西班牙上帝的面庞?
我的心期待着伊比利亚人
用自己强劲有力的手掌
将黑褐色土地的严肃的上帝
刻在卡斯蒂利亚的橡树上。

Ⅵ 杜埃罗河两岸

索利亚的春天，卑微的春天，
如同一个幸运者的梦幻，
一个在茫茫荒野中因疲劳
而入睡的可怜行人的梦幻。

发黄的田野，
好像农妇的粗呢，
毛绒绒布满灰尘的草场
脏兮兮的绵羊在啃着地皮!

坚硬而又寒冷的土地，
分成小块的薄田，
燕麦和小麦刚刚发芽
有一天，会将黑面包奉献!

满目乱石的荒滩
光秃秃的山峦，
长满杂草、荆棘，
黑莓和枸杞，
老鹰在那里聚散。

卡斯蒂利亚，你的没落的城市！
啊，我不知回报的顽强的土地！
酸楚的忧伤
布满你阴沉的孤寂！

英雄的卡斯蒂利亚，严酷的土地；
藐视命运的卡斯蒂利亚，
痛苦和战争的卡斯蒂利亚，
永生的土地，死亡的卡斯蒂利亚！

傍晚，当田野在躲避太阳，
我们的行星陷入惊慌，
那时出现一个紫红色的球，
这便是诗人的情侣，美丽的月亮。

在紫灰色的天空
有一颗耀眼的明星。
空气变得朦胧

掠过我的双鬓
并传来潺潺的水声。

在铅灰色的小山之间
被啃噬的橡树林点点斑斑，
在光秃的石灰岩之间，
父亲河冲刷着八座分水的桥墩，
犁着卡斯蒂利亚寒冷的荒原。

啊，杜埃罗，你的河水
奔流并将永远向前
只要五月的阳光使一月的积雪
流出峡谷和山涧；
只要山峦拥有你的积雪和暴风雨，
只要太阳的象牙号角
在闪耀，透过灰色的云团！……

而古老的谣曲
是你岸边吟游诗人的梦想？
啊！杜埃罗河，难道卡斯蒂利亚
也像你一样，永远流向海洋？

Ⅶ　橡树林

致马斯列拉先生们

卡斯蒂利亚的橡树林
在丘陵和坡地，
小丘和山峦
遍地阴暗的灌木，
橡树林啊，褐色的橡树林
——谦卑而又强悍！

橡树林啊，
当林中的斧头
占据你们的空间
难道就无人将你们礼赞？

橡木是战争，橡木
说的是勇敢坚定，
强烈的怒火
在扭曲的枝干中，
比橡树更粗犷，
更强壮，更高傲，
更男性。

高高的橡树
仿佛将粗壮的根
扎在大地，像古希腊
竞技者，巍然屹立。

松树是海洋、天空
和山峰：是地球。
棕榈是沙漠、太阳
和远方：是渴望；
一眼寒冷的泉
是僵硬田野上的梦想。

山毛榉是传说。
在老迈的山毛榉中，
有人会读出罪恶
和恐怖的战争。

看到松林中有山毛榉
哪一个不颤抖？
黑杨是河岸
春天的里拉琴，
靠近昔日
逃亡的流水，
活跃或缓慢，
浑浊地汇入

或平缓地舒展。
在它永恒的寒噤中
银色生动的波浪
在将河水模仿。

榆树的公园
是很好的树林
它们见过我们游戏，
当我们的头发
金黄，有白雪落上，
它们见过我们冥思苦想。

苹果树
有小苹果的清香，
桉树
有其叶子的芬芳，
橘树有橘花的香气；
柏树阴沉
挺拔，
是果园的雅致潇洒。

乡间黑色的橡树，
你有何物？
你的枝条没有颜色，
田野没有绿色；

你灰色的树干
既不苗条也不高贵，
你的精神未受磨砺，
难道你的卑微是坚韧不移？

在你又宽又圆的树冠
没有任何光泽，
无论是你暗绿的枝叶
还是黄绿的花朵。

你的举止毫无勇敢
更不好战，
绝无残忍
引导你的心愿。

笔直或弯曲的幼芽
就那么卑微谦和，
只服从生命的法则，
力所能及地过活。

褐色的橡树啊，田野
在你身上变成了树。
无论是冒着烤人的阳光，
还是抵御冬天的冰霜，
无论是闷热还是低压，

八月份还是一月份，
鹅毛大雪，
还是暴雨倾盆，
总是坚定，贯彻始终，
贞洁，善良，永不变更，
你啊！粗壮而又平静，
黑色橡树林中
乡野永恒的橡树，
在阿拉贡
和潘布罗纳的土地上
军家必争的山峰；
埃斯特雷马杜拉
和卡斯蒂利亚，
成就了西班牙的橡树林
在平原、丘陵和山峰；
年轻的杜埃罗河
将高原的橡树林缠绕，
塔霍河在托莱多地区
蜿蜒蛇行；
海边的橡树
——在桑坦德——，橡树林
打上了你落落寡合的记号，
宛若卡斯蒂利亚皱起的眉毛，
在科尔多瓦摩尔人的橡树，

和你，马德里的橡树林，

在寒冷的瓜达拉玛河[1]下，

多么美丽，多么暗淡，

以你卡斯蒂利亚的严肃，

纠正奢华和虚荣

以及宫廷的肺结核病！……

乡村的橡树，

我知道

人们用漂亮的猎兔犬

和骏马，

用卓越的画笔描绘你们，

奥古斯都[2]的诗人

歌唱你们，

皇家猎手的猎枪

震惊你们；

但你们是佑护

善良村民的树荫，

是他们的田野和灶神，

他们身穿褐色的裤褂

双手将你们的柴

---

① 瓜达拉玛（Guadarrama），马德里附近的河流，也有同名的码头和山。

② 奥古斯都（Augustus，前63—14），古罗马皇帝，在位时曾占领整个西班牙。

砍伐。

Ⅷ 道 路

是你吗，瓜达拉玛，老朋友？
银灰色的山峦，
马德里的傍晚
我见你绘在蓝天。

从你幽深的峡谷
险峻的山峰，
上千座瓜达拉玛和上千个太阳，
向着你的内心，和我一起驰骋。

巴尔萨因之路，1911 年

Ⅸ 四月，雨水多

四月丰沛的雨水。
风卷着乌云，
乌云与乌云相连

蓝天化作碎片。

水和太阳。彩虹在闪光。
在遥远的云端，
黄色的火花
呈之字形闪现。

雨打窗，不停地
将玻璃敲响。

通过细雨
构成的雾气，
望见一片深绿，
橡树林化作朦胧，
山峦失去踪影。

条条雨线
将新生的嫩叶剪乱，
摇动浑浊的波纹
在杜埃罗河平静的水面。

雨下在蚕豆田
和播种的地里；
橡树林沐浴着阳光，
一个个水潭出现在路上。

雨水和太阳。田野
变暗，又变亮；
这里消失一个山坡，
那里出现一座山岗。

散落的小村庄
岗楼在远方，
昏暗，又变亮。

棉絮和灰烬的云
朝着铅一般的山峦
像球一样翻滚。

X 狂 人

一个没有果实的秋天，
郁闷忧伤的傍晚，
在贫瘠破败的土地上
半人半马怪的影子在游荡。

沿着荒原上的道路，
在凋零的杨树中间，
独自和自己的疯狂和影子，

狂人边走边喊。

远远地看见昏暗的荒原，
山坡上长满荆棘和枸杞，
为崎岖山脉加冕的
是老迈橡树林的遗迹。

狂人及其影子与幻想
独自高声叫嚷。

他的形象恐怖而又粗鲁；消瘦，
肮脏，受苦，剃得难看的光头，
两只冒火的眼睛
映照他憔悴的面孔。

他逃离城市……可怜的行径
可悲的品德，粗鲁者
烦人的事情，懒散商贩
卑鄙的恶行。

狂人在上帝的田野前行。
通过消瘦干枯的土地
——灰烬的褐，铁锈的红——
远景中有百合的梦境。

他逃离城市。城市的恼人！

——可悲的肌体和卑劣的精神！——

并非由于悲剧的苦恼
这游荡的破碎的魂灵；
清洗他人之过：清醒，
愚笨者可怕的清醒。

Ⅺ　肖像学的幻想

提前的谢顶在宽阔
而又严肃的前额闪亮；
脑门在苍白而又光滑的
皮肤下细腻地发光。

尖尖的下巴和颧骨
被钻石刀刻出凸显的线条；
佛罗伦萨人梦想的双唇
涂抹着不寻常的紫色。

每当嘴似乎在微笑，
眼神特别好，
视而又见，深刻又执着，
思考的眉毛变小。

桌子上有一本旧书，
手漫不经心地放在桌上。
陋室深处，在镜子里，
金色的下午在畅游梦乡。

紫色的山峦，
灰色的荆棘，
成群的秃鹫和雄鹰，
圣徒和诗人热爱的土地。

从开放的阳台到白色的外墙
有一片橙色的阳光
点燃了空气，昏暗的氛围
笼罩在角落里的盔甲上。

XII 凶犯

被告面色苍白而又嘴上无毛。
眼中暗淡的火光在燃烧
这和他稚气的脸庞毫不相称
还有其善良温顺的表情。

他保留着阴暗的神学院

谦虚的情绪
和注视大地或祈祷书的积习。

玛利亚的虔诚，
犯罪者的母亲，
布尔戈斯[1]神学系的学士
准备去承担基层教职。

他的罪行凶残。有一天
对世俗和神圣文本感到厌倦，
对失去的时间感到痛心
只因全用在拉丁文修辞的改善。

他爱上一位美丽的姑娘；
爱情冲上了他的头顶
像葡萄金色的果汁
唤起他的野性。

他在梦中见到了父母
——中等家财的劳动者——
黑黝黝农民的脸庞，
充满对红火炉膛的幻想。

---

① 布尔戈斯（Burgos），西班牙北部城市，布尔戈斯省省会。建于9世纪，10世纪成为教区，11世纪成为卡斯蒂利亚王国首都。

他想继承家业。啊！家庭果园里
阴凉碧绿的樱桃与核桃树，
还有制作面包的金黄色的麦穗，
将存满夏天的仓库！

他记得在墙上挂着的斧头
明亮而又飞快；
结实的斧头将橡树
被砍断的树枝变成了劈柴。

……………………………………

面对犯人，是身穿老旧
丧服色黑袍的法官
和一排眉宇间暗淡
面孔粗俗的陪审团成员。

律师侃侃而谈，
用手敲着桌面；
一个文书在纸上涂抹，
检察官听着，心不在焉，
辩护人突出重点，声若洪钟，
重温了法律诉讼
或者，用手指抚摸
清洁的金丝眼镜。

一个小办事员说："少不了挨打。"

年轻的乌鸦等着宽大。

人民是绞刑架上的肉，严厉的

司法等着将坏人惩罚。

XIII 秋天的黎明

致胡里奥·罗梅洛·德·多雷斯

一条漫长的公路

蜿蜒在灰色的山岩中，

一个普通的牧场，

黑色的公牛在吃草。黑莓，杂草，蔷薇丛。

土地湿润

沐浴着露珠，

金色的杨树林，

面向河流转弯处。

在紫色的山峦后

曙光划破长空。

猎枪扛在肩上，

猎手行走在敏捷的猎兔狗群中。

XIV 火车上

无论什么旅行

我总是一身轻装，

——总是坐在

三等车厢的木椅上。

我从不在火车上睡觉，

因为如果是夜晚

我不习惯睡觉，

如果是白天

看树木向后飞跑，

我从不在火车上睡觉，

但感觉很好。

这奔向远方的欢畅！

伦敦，马德里，蓬费拉达，

多美呀……去远方。

令人厌烦的是到站。

然后，火车又开了，

总使我们产生遐想；

我们，几乎

将我们骑的瘦马遗忘。

啊，小毛驴，

认路的小毛驴！

我们在哪里？

我们都在哪里下车？

我对面是一个小修女

啊，多么漂亮！

她平静的表情

给痛苦

以无限的希望。

我想：你很善良；

因为你将爱献给了

耶稣；因为你不愿

成为罪人的母亲。

但你具有

母亲的本性，

你是女性中的幸运儿，

你是纯贞的母亲。

你亚麻帽下的面孔

有某种神圣。

你的面颊

——那些黄色的玫瑰

变成粉红，然后，

在你的胸中，燃起火焰；

今天，十字架之妻啊，

你已是光明，而且只是光明……

所有美丽的女子啊，

或许都像你一样，

封闭在修道院中！……

而我爱的姑娘，

唉！情愿

嫁给一个年轻的理发匠！

火车走啊走啊，

机器在喘气，

像野兽咳嗽一样。

我们在行进，像一道闪光！

XV 夏 夜

夏天一个美丽的晚上。

古老的村庄

高大房屋的阳台

面向广阔的广场。

在这荒凉、宽敞的地方，

石头的长凳，欧卫矛与金合欢

在白色的沙地上

匀称地勾画着它们黑色的影像。

天上，一轮明月，

将塔楼里的钟照亮。

我，像幽灵一样，

独自徘徊在这古老的村庄。

XVI 复活节

请看：生活的拱门

在泛绿的田野勾勒出彩虹。

姑娘们，在从岩石中

涌出泉水的地方，寻找你们的爱情。

在泉水欢笑、梦想、流淌处，

人们将爱的罗曼蒂克讲述。

有一天，他们会不会在你们怀里

惊讶地观望春天的太阳，

面对阳光，闭上眼睛，

脱离生命，双目会不会失明？

有一天，未来耕种之人

会不会在你们怀中畅饮？

啊！庆祝这晴朗的星期天吧，

花儿一般年轻的母亲，

你们的胸怀多么清新！

请享受你们粗壮的母亲的微笑。

鹳雀已住进自己美丽的巢房，
在塔楼书写白色杂乱的文章。
岩石上的苔藓像翡翠一样闪亮。
黑色的公牛在橡树林内
啃着细小的嫩草，
放牧的人儿
将褐色的长袍放在山坡上。

XVII 索利亚的田野

1

索利亚的土地干旱而又寒冷。
绿色的草地，灰色的丘陵，
春天掠过
光秃的山岭，
把白色小小的雏菊
留在清香的草丛。

大地尚未苏醒，田野仍在梦中。
四月伊始，蒙卡约的山脊
依然雪盖冰封；
行人将脖子和嘴巴裹在围巾里

牧人披着长长的斗篷。

2

耕耘过的土地，

好像棕褐色的布块；

果园，蜂房，墨绿色的牧场

放牧着美利奴绵羊，

铅灰色的岩石中，

播种着童年阿卡迪亚[①]快乐的梦想。

道路远方的欧洲山杨

挺直的树枝好像在散发烟云，

那是新长出的叶片——闪着绿光，

在山谷和沟壑的缝隙里

盛开的黑莓泛着白色

芬芳的紫罗兰含苞待放。

3

田野起伏不平，

道路时而将骑着棕色

毛驴的行人隐蔽，

时而在红色傍晚的尽头

使村民的剪影升起

在夕阳的金色画布上留下痕迹。

---

① 阿卡迪亚（Arcadia），希腊北部的高原，又有田园牧歌、世外桃源之意。

但如果你们攀上山岗
从雄鹰栖息的巅峰眺望，
眼前是胭脂和钢铁的闪光，
铅灰的平原，银白的山岭，
被紫色的山峦环绕其中，
玫瑰色的积雪覆盖着一座座高峰。

4

田野映在天空的形象！
当秋天到来，两头耕牛
缓慢地耕耘在山坡上，
在低垂的黑色头颅之间，
沉重的轭下，
挂着用灯芯草和金雀花
编织的小筐——婴儿的摇篮；
在这对牲口后面
一个男人俯身面向土地，
一个女人将种子撒在豁开的田垄上。
在火红的云下面，
在西方流动的彩霞里
他们的影子来越来越长。

5

雪。在面向旷野的客栈，

柴在炉膛冒烟，

气泡在锅里回旋。

北风掠过僵硬的田野，

将寂静的雪

卷成白色的旋风。

雪落在田野和路上，

仿佛落到墓穴中。

一位老者蜷缩在火堆旁

颤巍巍咳嗽；老妇

在缠绕毛线，小姑娘

将绿色的花边缝在暗红色的布料上。

两位老人的儿子是脚夫，

正在白茫茫大地跋涉，

一天夜里失迷路途，

山峦的积雪将他埋葬。

火堆旁有一空位，

老人紧锁眉头，

好像阴沉的铆钉

——犹如斧头留在柴上的剁口。

老妇望着田野，

似乎听到了雪上的脚步。无人过来。

房屋周围，田野凄凄，

邻近公路没有人迹。

小姑娘在想：当长起白色的雏菊

她会在蓝色和金色的日子里，
和其他的小女孩一起
奔跑在绿色的草地。

6

寒冷的索利亚，纯洁的索利亚，
埃斯特雷马杜拉的头颅，
废弃的碉堡
屹立在杜埃罗河上；
还有它那些发黑的房屋
被侵蚀的城墙！

领主、士兵
和猎人的死城；
百户贵族
门上挂着族徽，
饥饿的猎狗，
机敏、消瘦，
夜半时分
在肮脏的街巷中
发出嚎叫
伴随乌鸦的叫声！

寒冷的索利亚！
法庭的钟敲了一响。

索利亚，卡斯蒂利亚的城市，

沐浴着月光，多么漂亮！

7

银色的山峰，灰色的丘陵，

紫色的石滩

在索利亚周围

杜埃罗河画着弓形的曲线，

昏暗的圣栎树，粗犷的碎石，

光秃的山峦，

白色的道路，河边的杨树，

索利亚的傍晚，神秘、威武，

今天，在内心深处

我为你们感到忧伤，

爱的忧伤！索利亚的田野，

那里的岩石好像在做梦，

你们与我同行！银色的山峰，

紫色的石滩，灰色的丘陵！……

8

我又看到了金色的杨树，

在杜埃罗河边的路旁，

在圣波罗和圣萨图利奥之间，

前面是索利亚古老的城墙，

面向阿拉贡的桥头堡——

在卡斯蒂利亚的土地上。

河边的杨树，
当微风吹拂，枯叶的声响
伴随水的流淌，
情侣们将姓名的字头
和记述时间的数字
刻在树皮上。
爱情的杨树啊，
昨天你们的枝头
落满夜莺；明朝你们
将变成春天香风中的竖琴；
岸边爱情的杨树啊，
河水在流过、在梦想，
杜埃罗河畔的杨树啊，
与我同行，我会将你们记在心上！

9

啊！是的，你们与我同行，
索利亚的田野，紫色的山峰，
宁静的傍晚，河边的杨树林，
褐色泥土和灰色地面
那绿色的梦，
没落城市的酸楚忧伤，

你们已经直抵我的心灵，
抑或你们本来就在它的深处？
努曼西亚高原的人们
你们心怀上帝，像古老基督徒一样，
但愿西班牙的太阳
使你们充满欢乐、财富和阳光！

XVIII 阿尔瓦冈萨莱斯的土地

致诗人胡安·拉蒙·希梅内斯[①]

1

小伙子阿尔瓦冈萨莱斯，
中等的庄园主，
在其他地方说是衣食不愁，
而此地则属富有，
他在贝尔兰加集市
相中了一位女郎，
就在认识的当年
就娶她做了新娘。

① 胡安·拉蒙·希梅内斯（Juan Ramón Jiménez，1881—1958），西班牙诗人，1956年获诺贝尔文学奖。

婚礼丰盛异常，
让人见过难忘；
婚礼后仍有庆典
名字响彻村庄；
风笛，腰鼓，笛子，
十二弦琴和吉他，
烟火来自巴伦西亚，
舞蹈来自萨拉戈萨。

2

阿尔瓦冈萨莱斯生活幸福
沐浴在家乡的爱情。
三个儿子先后出生
在乡村这可谓财源茂盛，
已经长大，他给他们派了用场，
一个经营果园，
一个去牧羊，
最小的去了教堂。

3

从事农业生产的人
有很多该隐的血，
在农民家庭
挑起嫉妒之争。

人长大就要结婚；
阿尔瓦冈萨莱斯有了儿媳，
孙子还没有出生
先给他带来了纷争。

对农田的贪婪
争夺遗产时可见；
期望值过高
对所得不满。

最小的儿子，
不喜欢拉丁文，
而喜欢漂亮姑娘，
不喜欢包头，有一天，
挂起教士的长袍
去了遥远的外乡。
母亲痛哭流泪，
父亲将遗产和祝福送上。

4

阿尔瓦冈萨莱斯的前额
已经起了沉重的皱纹；
胡须给脸上蓝色的阴影
镀上了白银。

一个秋天的早晨
他独自溜出家门；
没有带他的爱犬
猎兔的凶神；

他忧心忡忡
走在金黄的杨树林；
道路多么漫长
来到清水泉旁。

他仰卧在地，
岩石铺上毛毯，
伴随潺潺水声
睡在清泉边。

梦 想

1

阿尔瓦冈萨莱斯
如同雅各，看到
从大地上升的天梯，
并听到和他说话的声音。
但是织布的仙女们，
在洁白和金黄的
羊皮之间，

放了一缕黑色毛线。

2

三个娃娃
在家门口玩耍；
一只黑翅膀的乌鸦
在大人之间蹦跶。
老婆在看守，缝补衣裳，
不时在微笑和歌唱。
“孩子们，你们在干什么？”
他们面面相觑，谁也不说。
“孩子们，上山去
在夜幕降临前，
割一抱白叶岩草
让我们有火烤。”

3

在阿尔瓦冈萨莱斯的灶上
有劈柴堆放；
大儿子想将柴点着，
但没有冒火苗。
“父亲，白叶岩草是湿的，
炉灶点不着。”

弟弟来帮忙

将木屑和树枝
加到橡树的粗干上；
可炭火还是熄灭了光芒。
小儿子赶来并点火，
上面是厨房黑色的铃铛，
一堆篝火
将全家照亮。

4

阿尔瓦冈萨莱斯
用双臂举起幼子
并将他放在膝盖：
“你的手在燃烧……；
尽管你最后出生，
却是我的至爱。”

两个大儿子离开
去了梦想的角落。
在两个逃跑者中间
一把斧头在闪烁。

那个傍晚

1

在赤裸裸的田野，

圆圆的月亮
染着紫红色的云，
一个大球，探出身。

阿尔瓦冈萨莱斯的儿子们
悄悄地行走在路上，
见父亲在清水泉旁
已经入梦乡。

2

父亲眉宇间
双眉皱起，使脸上
乌云密布，阴暗的砍伐
像斧头留下的痕迹。
他梦见和儿子们一起，
他们用匕首将自己刺伤，
醒来时，看到
这是真的，不是梦想。

3

阿尔瓦冈萨莱斯
死在泉水旁。
在两肋和胸膛之间
四处匕首的刺伤，
鲜血从那里冒出，

斧头砍在脖子上。
讲述乡间的业绩
清泉水在流淌，
而两个杀人凶手
向山毛榉树林逃亡。
在杜埃罗河的源头下，
直到黑池塘，
被冲走的尸体
留下了斑斑血迹；
深不见底的池塘
藏匿着秘密。
石头绑住双脚
给他做了墓地。

4

人们在泉水旁边，找到
阿尔瓦冈萨莱斯的毛毯，
在山毛榉林的路上
看到一股鲜血在流淌。
村里人谁也不敢
接近那池塘，
测量它毫无意义，
因为它不可测量。
从那片土地经过

一个游荡的货郎，
在达乌里亚被控告和囚禁
并死于无耻的乱棒。

5

几个月过后，
母亲死于心伤。
见过尸体的人们
说她的双手冰凉
放在自己脸上，
将自己的面孔掩藏。

6

阿尔瓦冈萨莱斯的儿子
已拥有圈栏和果园，
小麦地，燕麦田
和精细饲料的草原；
蜂巢在老榆树上
被阳光射穿，
拉犁的两对耕畜，
上千只羊和一条牧羊犬。

来日方长

1

黑莓鲜花开放

李花泛着白光；

金黄色的蜜蜂

采蜜为蜂房，

巢里的白鹳

伸出弯弯的长脖

胡乱涂抹，

为教堂的塔楼加冕。

路旁的榆树

和小河两岸的黑杨

已经泛绿，将

父亲河杜埃罗寻觅。

天是蓝的，山是紫的，

积雪不见踪迹。

阿尔瓦冈萨莱斯的土地

财富滚滚外溢；

可耕耘之人死去

却无法在地下安息。

2

西班牙美丽的土地，

卡斯蒂利亚
贫瘠、细腻而又好战，
有长长的河流，
有一小撮山峦，在
索利亚和布尔戈斯之间
就像堡垒的多个侧面，
犹如武士的头盔，
乌尔比翁是盔顶。

3

阿尔瓦冈萨莱斯的儿子们，
沿着崎岖的小径
走上了从萨尔杜埃罗
到科瓦莱达的路程，
骑着褐色的骡子，
维努萨的松林将他们遮笼。
他们在寻找畜群
带它们返回村中，
从松林的土地
开始了一天漫长的劳动。
从杜埃罗河上游，他们
将石桥的拱门和“印第安人”[1]

---

① 即去美洲发财归来的人。

空旷富饶的山谷抛在身后。
河流，在谷底，哗哗作响，
骡子的蹄掌踏在石子上。
在杜埃罗河彼岸，
一个可怜的声音在歌唱：
“阿尔瓦冈萨莱斯的土地
财富滚滚外溢；
可耕耘之人死去
却无法在地下安息。”

4

到了一个地点
松林茂密遮天，
前面开路的长子，
马刺催马向前，
说：“二里多地的松林
我们要往前赶，
必须抓紧过去
赶在天黑之前。”

两个乡村之子，
在崎岖沟壑间长成，
因为还记得一天傍晚，
在山里颤抖不停。

在密林深处
又听见响起歌声：
“阿尔瓦冈萨莱斯的土地
财源滚滚外溢；
可耕耘之人死去
却无法在地下安息。”

5

从萨尔杜埃罗起
道路顺河岸延长；
在河流两旁
松林蓬勃生长，
山谷越来越狭窄，
岩石越来越峥嵘。
林中茁壮的松树，
树冠巨大似天篷
而它们赤裸的根
将岩石抓紧；
年轻的松树，树干
闪银光，枝叶呈深蓝；
年老的松树，
白色的病变，
苔藓和灰斑，
围绕着粗大的树干，

松林覆盖山谷
消失在两岸山坡后面。
长子胡安说道：“兄弟，
倘若布拉斯·安东尼奥
在乌尔比翁附近放牛，
我们还有很远的路程。”
“我们向乌尔比翁走多远
回来的路就缩短多远，
抄近路，走捷径
直奔黑池塘，
下来时到达维努埃萨
经过圣伊内斯港。”
“土地恶劣，道路更糟。
我发誓再也不愿
和它们相见。到科瓦莱达
我们就做个了断；
过个夜，到亮天，
咱们就回村了
从这个山谷，有时，
想抄近却绕远。”
在河流附近，两兄弟
骑着骡子向前，
观看百年的树林
如何延展，

山上的巨石
封闭了天边。
河水在跳荡
似乎在讲述或歌唱：
“阿尔瓦冈萨莱斯的土地
财富滚滚外溢；
可耕耘之人死去
却无法在地下安息。”

惩　罚

1

尽管贪心
有关绵羊的圈栏，
有屯小麦的粮仓，
有装钱的口袋，
有爪子，但没有手臂
不会种地。

因此，丰年后
是歉收。

2

在已经播种的土地上

血红的虞美人长得旺；

黑粉菌使小麦和燕麦

麦穗像生了脓疮；

迟到的冰霜腰斩了

果园里盛开的花朵，

一场邪恶的妖术

病倒了所有的绵羊。

对阿尔瓦的两个儿子

上帝在其土地上诅咒他们，

在一个歉收的年景之后

接下来是漫长的贫困。

3

那是一个冬天的夜晚。

鹅毛大雪漫天旋转。

阿尔瓦冈萨莱斯的儿子

眼看着大火几乎毁了家园。

他们的思想系于

同一个记忆上，

固定的眼神注视着

快要熄灭的火光。

他们失去了柴也失去了梦想。

夜很冷又很漫长。

一盏冒烟的小油灯

在熏黑的墙壁上。

空气摇晃着火苗，

在两个杀人犯

冥思苦索的头顶

闪着淡淡的红光。

阿尔瓦冈萨莱斯的长子，

发出一声沙哑的叹息，

打破了沉寂，叫嚷：

“兄弟，我们造了什么孽！”

风吹打着门，

使小窗摇摇晃晃，

在破烟囱上怒吼

发出不停的轰响。

然后又恢复了寂静，

在颤抖的空气中，

小油灯的灯芯

时断时续地闪着火星。

老二说道：“老兄！

莫把往事记在心中！”

旅行者

1

又是一个冬天的夜晚。

风吹打着杨树的
枝干，雪为大地
盖上了白色的绒毯。
一个人冒雪
在路上驰骋；
蒙面直至眼睛，
身披黑色斗篷。
进村后，寻找
阿尔瓦冈萨莱斯的家庭，
来到门前，脚未落地，
便叫了一声。

2

两兄弟听见了
门闩的响声
和马蹄
在石子路上的驰骋。
弟兄俩睁大了眼睛
眼里充满惊恐。
“谁？请回答！”他们叫道。
“米格尔！”外面搭腔。
这是旅行者的声音
来自遥远的异乡。

3

大门开了，进来

一位马上的骑手

踏在地上。浑身上下

盖满了雪。

在两位兄长怀中

哭了好一阵，无人作声。

然后把马交给了一位，

交给另一位的是礼帽和斗篷，

寻找取暖的炉火

在这农村的环境。

4

三弟兄中的老三，

从小就喜欢冒险

漂洋过海去远方

今日从美洲致富回还，

身穿天鹅绒毛料

黑色礼服，

腰间扎着

宽宽的皮带。

前胸佩戴一条

环环相扣的金链。

一位魁梧的男子，

又黑又大的眼睛
充满怀念之情；
面色黝黑，
乱蓬蓬的卷发
将前额遮掩；
从农夫父亲那里
传承了尊贵的容颜，
运气使他拥有
爱情、能力和金钱。
冈萨莱斯家三兄弟
米格尔最英俊；
因为使老大丑陋的
是超浓的双眉
和过窄的脑门；
而老二呢，不安分的
双眼，又凶又狠
从来不会正眼看人。

5

三弟兄静静地观察
悲惨的家庭；
紧随着夜幕垂下
降临寒冷和风。
“二位兄长，你们可有木柴？”

——米格尔问道。

“没有。”

老大回答。

一个男子汉

奇迹般地，打开了

用两根铁棍

闩住的粗大的门。

这位进来之人

非常像已故的父亲。

满头白发

闪着金黄的光晕。

一捆木柴肩上扛

一把铁斧握手上。

印第安人

1

那些倒霉的农田，

米格尔从哥哥手里

买了一部分，他从美洲

带回的大量财富，

即便在贫瘠的土地上，

黄金的闪光也胜过被埋葬，

即便在穷人手上

也胜过在陶罐里隐藏。

以信仰和决心
印第安人投身于耕种，
将他的财富经营
使其与日俱增。

沉甸甸的麦穗，
充满金黄的颗粒，
使米格尔的农田
又有富饶的夏天；
从村庄到村庄
人们将这奇迹传扬
杀人犯遭到了惩罚
在自己的农田上。

人民唱着一首歌谣
讲述这昔日的罪行：
“在泉水的岸边
他们使父亲丧命。
两个可恶的儿子
使他悲惨地死去，
将父亲的遗体
扔进深不见底的湖里。
耕耘土地之人

却无法在地下安息。”

2

米格尔，带着两条猎犬
扛着他的猎枪，
在一个平静的下午
奔向蓝色的山岗，
走在公路旁碧绿的
杨树林里，
听见一个声音在唱：
“在地上没有墓葬。
在雷比努埃萨
山谷的松冈，
他们将父亲的遗体
抛进了黑池塘。”

家

1

阿尔瓦冈萨莱斯的家
是一座老旧的大房子，
四个狭窄的窗，
和村子有百步之隔，两棵
大榆树，在两边站岗，

秋天送枯叶，
夏日送荫凉。

这是劳动者之家，
人们，尽管富足，朴实无华，
厨房里冒着炊烟
那里有石椅，倘若
朝向田野的门开着
不用进来就能看见。

靠近灶膛的余火，
两个砂锅的
气泡在上升，它们
支撑着两个家庭。

在右手，马厩
和畜栏；左手，养蜂场
和果园，而深处，
一个磨损的阶梯
通向两座住宅
分开的房间。

阿尔瓦冈萨莱斯的孩子们
和妻子居住在这里。
曾住在这里的两对夫妻

都没有子女，
父亲的家产留给
他们的空间颇有富余。

在一个朝向果园的房间，
桌子是一张粗大的
橡木板，两张
小牛皮的扶手椅，
墙上挂着黑色的算盘
——算盘珠子大得惊人——
还有生锈的马刺
挂在木制的拱门。

这是个被遗忘的房间
如今米格尔住在里面。
父母双亲曾在那里
观赏春天鲜花盛开的果园，
五月蔚蓝的天空，
当玫瑰和黑莓花开放，
白鹳教自己的幼雏
如何运用缓慢的翅膀。

在夏天的夜晚，
当酷热消散，
从房间的小窗

听见温柔的夜莺在歌唱。

那是阿尔瓦冈萨莱斯
从对果园的骄傲，
对家人的爱
汲取伟大梦想的地方。

他看到自己的长子
在母亲的怀里
那可爱的脸庞，
孩子的头被太阳照亮，
举起贪婪的小手，
伸向红色的樱桃
和紫色的李子，
或看到秋天的午后，
平和，美好，金黄，
他曾想自己是幸福之人
在这个世上。

今天从村庄到村庄
人们将一首民谣吟唱：
“阿尔瓦冈萨莱斯的家啊，
未来的岁月多么凄惨；
杀人凶手之家，
再无人到你门前！”

2

在一个秋天的傍晚。
在金黄的杨树林
夜莺已不知去向；
蝉已没有声音。

没有启程的最后几只燕子
将会死掉，而白鹳已经
从塔楼和钟楼用金雀花
搭建的巢里逃跑。

在阿尔瓦
冈萨莱斯的家，榆树的叶子
被风扫落，丢下。教堂
院里三株圆圆的金合欢
依然保留着碧绿的枝干，
印度的栗子，浑身是刺，
有的树枝已折断；
玫瑰园里有的玫瑰花
又结籽了，草地上
闪耀着秋天快乐的光芒。

在山坡和山梁上，
在山道和公路旁，
新绿和野草依然有

夏季断断续续的
烧伤；山头谢了顶，
小山头被剃光，
铅灰色的云团
像王冠在头顶上；
在巨大的松林下，
在凋谢的黑莓
和发黄的蕨类植物之间，
增长的水在流淌
沿着乱石和峡谷
使父亲河变得更宽广。

大地的色彩是
一片铅灰和银蓝，
其间带有铁锈的红斑，
一切都笼罩在紫色的光线。

阿尔瓦冈萨莱斯的土地啊！
在西班牙的心中，
可怜的土地，悲伤的土地，
多么悲伤啊，它们有魂灵！

豺狼穿过蛮荒
面对着月亮嗥叫，
从树林到树林，巨石

乱滚的荒地，被秃鹫
啄过的白骨在那里闪光；
孤独可怜的田野
没有道路没有店房，
该死的田野啊，
可怜的田野，我的家乡！

土　地

1

一个秋天的早晨，
胡安和“印第安人”
将家里的两对耕畜套上。
马丁留在果园
将杂草拔光。

2

一个秋天的早晨，
当人们在耕田，
小丘上，在清晨的天空
尽头，胡安
赶着一对褐色的耕畜
缓缓向前。

刺蓟、牛蒡草和野蒺藜，

疯燕麦和黑麦草
长满了该死的土地，
对锄头和铁镐毫不畏惧。

弯弯的橡木犁杖
犁铧以徒劳的努力
深耕；好像刚
划破土地的内脏，
开出的垄沟
便又闭上。

“当杀人犯在耕耘
那活计十分累人；
刚耕完一垄田地
脸上便添一道皱纹。”

3

马丁，在果园里
挖地，一时间
倚在锄上；
冷汗淋漓
在脸庞。
　　　　在东方，
圆圆的月亮，染着
紫红色的霞光，皎洁地

照着，透过果园的

土墙。

马丁的血液

凝结着恐惧。

锄头挖进土地

锄上染着他的血迹。

4

“印第安人”善于购置田产

在他出生的土地上；

一位美丽富有的女士

被他娶作新娘。

阿尔瓦冈萨莱斯的田庄

已经在他名下，因为两位兄长

全卖给了他：果园，

农田，蜂巢和房产。

杀人犯

1

胡安和马丁，阿尔瓦冈萨莱斯的

两位儿子，这一天

一大早就出行，开始了

奔向杜埃罗河上游艰难的旅程。

星星闪烁
在高高的晴空。
山谷和峭壁
白色的浓雾
染着玫瑰红，
浅灰色的乌云
笼罩着乌尔比翁，杜埃罗河
像戴着头巾，在那里诞生。

他们靠近泉水旁。
清澈的泉水在流淌，
哗哗作响似乎在叙述
一个说过的古老故事
已经讲了上千次
上千次反复地讲。

在田野上流淌的水
用单调的语气在说：
“我知道那罪行；是不是
在水边，关系到人命？”

当两兄弟走过
洁净的水在说：
“在泉水边
阿尔瓦冈萨莱斯在长眠。”

2

“昨天晚上，当我
回到家里，”胡安
告诉弟弟，“月光下
果园是一个奇迹。

远远地，在玫瑰花坛间，
我望见一个人俯下
身躯；将一把明晃晃
白银的镰刀握在手里。

后来直起身子并回过
脸庞，在果园走了
几步，没有看我，
过一会儿我见他
弯腰在地上。
头发白如霜。

远远的月亮照着大地，
果园是一个奇迹。”

3

他们走过了圣伊内斯
码头，下午已经
过了一半，十一月一个

悲伤的下午，寒冷又阴暗。
他们悄悄地走向
那个黑池塘。

4

当傍晚降临，
从衰老的山毛榉
和百年的松树林，
红色的太阳在缓缓下沉。

那是个树林和巨石
存在风险的地点；
一张张嘴张开
或是魔爪残忍的妖怪；
那里是丑陋的驼背，
可笑的大肚皮，
野兽凶恶的拱嘴，
豁牙露齿参差不齐，
除了岩石还是岩石，
除了树干还是树干，
除了树枝还是树枝。
在深深的沟底，
是黑夜、流水和恐惧。

5

一只豺狼出现；两眼
像红红的火炭。
这是夜晚，一个潮湿
阴暗又封闭的夜晚。

两兄弟想返回。
森林中野兽嚎叫。
在他们身后，上百只
凶残的眼睛在燃烧。

6

两个杀人凶手
到了黑池塘，
静静透明的水，
石头砌成的大墙，
那里有秃鹫的巢穴，
有安睡、环绕的回响；
山鹰在那里
畅饮清澈的泉水，
还有山里的野猪、麋鹿
和狍子，齐聚一堂；
纯洁寂静的水
在临摹永恒的事情；

不动声色的水
在内部保存着星星。
“父亲！”他们喊道；
跌入了平静的湖底，
在巨石中间
响彻“父亲！”的回声。

XIX 致老榆树

老榆树，曾被雷击
并有一半腐烂，
四月的雨水和五月的阳光
使它又长出了几个绿色的叶片。

百年的老榆树啊
杜埃罗河舔着它所在的山岭！
发黄的苔藓斑驳了它发白的树皮，
布满灰尘的树干已被蛀空。

它不会成为护卫道路与河岸
会唱歌的白杨，
让褐色的夜莺搭建自己的巢房。

蚂蚁的大军，排成行
攀缘而上，在它的胸膛里面，
挂着灰色的蛛网。

杜埃罗河的榆树啊，
在樵夫用斧子把你砍倒之前，
木匠会把你做成钟棰、
大车的车干或小车的车辕；
明天，在路边
寒酸小屋的炉膛里
你被燃烧得通红之前；
在旋风把你连根拔起，
银色山峦的风将你刮断之前；
在河水越过山谷和悬崖，
将你推进大海之前，
榆树啊，我想将你碧绿
枝叶的优雅，记录在案。
向着阳光，向着生命，
我的心也在期盼
春天新的奇迹出现。

索利亚，1912 年

XX 记 忆

啊，索利亚！当我注视清新的柑橘园
芳香四溢，碧绿的田野，
成熟的麦田，盛开的茉莉，
一座座青山和开花的橄榄；
瓜达基维河流向海洋，从鲜花和果园中间；
果园里到处是百合，沐浴着四月的阳光，
金色的蜂群，为了吮吸
散在乡野的蜜，逃出了蜂房；
我知道红色的圣栎树在你家里吱吱作响，
冰冷的北风横扫你多石砾的田野；
在峥嵘的山区我梦见白色的蒙卡约
屹立在阿拉贡的天空，乌尔比翁在松林之上！
我想：春天，如同一个寒噤
即将穿过民间歌手崇高的门第，
染绿河两岸的杨树林。
杜埃罗河的那棵榆树将献上绿叶？
索利亚的钟楼将拥有自己的白鹳，
褐色的多石砾的黑莓园里花儿盛开；
在灰色的巨石间，牧人
将雪白的羊群赶上高高的草原。

啊！在蓝色中，作为旅行家的燕子
奔向青春的杜埃罗河，牧羊人和美利奴羊群，
你们沿着深深的山谷，沐浴着路上的阳光，
奔向努曼西亚高高的草原；
敏捷的小鹿在穿越山毛榉和松林；
山峰，丘陵，高坡，草地，
在那里，雄鹰为王，乌鸦在寻觅
抢掠来的昆虫；已播种的小块土地
恰似灰色的长袍；农舍和圈栏
在赤裸的岩石间；疲惫的耕畜
傍晚在小溪和泉眼处饮水；
谦卑的蜂群，分散在小小的果园！……

再见了！索利亚的土地；再见了，被山坡
和军事制高点包围的高原，
橡树林的幽灵和栎树林的阴影，
卡斯蒂利亚荒野的小丘和石滩！

无论对你的记忆是绝望还是怀念，
索利亚，我的心都很惬意。
灵魂的土地，都朝向我的土地，
在鲜花盛开的山谷，我的心里装着你。

1913 年 4 月，在火车上

XXI 致阿索林[1]大师

——为其大作《卡斯蒂利亚》

熙德内斯客栈在从索利亚
去布尔戈斯的公路上。莱奥纳达是老板娘，
人们叫她女鲁伊佩雷斯，一位老太婆
将在那里冒泡的双耳小锅点旺。
鲁伊佩雷斯，客栈老板，一个小老头
——灰色的眉毛下，两只狡黠的眼睛——，
静静地观察家里的炉火。
听得见火上的小锅冒泡的声音。
一位先生，坐在一张松木桌前写作。
他在墨水瓶中将笔蘸湿，
在消瘦的脸上两只忧伤的眼睛炯炯有神。
年轻的先生，孝服在身。
冷风扫荡路旁的杨树林。
白色的旋风夹带着尘埃掠过。
傍晚使天色转暗。穿孝服的男子，
手托下巴，陷入思索。

---

① 阿索林（Azorín），西班牙小说家、散文家和文学评论家。本名何塞·奥古斯托·特立尼达·马丁内斯·鲁伊斯（1873—1967），属“九八年一代”。

当那位先生等候的邮车到达，
傍晚将在索利亚
褐色的土地落下。灰色的山峦
还带着橡树林的遗迹和洪水冲开的缝隙，
蓝色的山脊，陡峭的悬崖，
山峰和山包，杜埃罗河
穿过昏暗荒原上的斜坡和陡坡，
夕阳下，其钢铁之光在闪烁。
客栈在变暗。红红的炉火在冒烟。
生锈油灯的灯捻闪着火花。
孝服在身的先生好长一段时间
注视着炉火；然后用白色的手帕
擦干双眼。家庭的炉火，
小锅的歌声为何使他哭泣？
夜幕降落。远方传来
马车奔驰和吱吱呀呀的声音。那是邮车。

XXII 道 路

从这摩尔人的城市，
面前是古老的城墙，
独自欣赏这宁静的傍晚，

相伴的只有影子和忧伤。

沿着巴埃萨快乐的田野
河水奔流向前，
在阴暗的果园
和灰色的橄榄林之间。

红色的葡萄藤上，
叶子被染成金黄。
瓜达基维河，如破损的弯刀
分散，映射，闪光。

远处，山峦在沉睡
周围是雾霭迷漫，
秋天的雾霭，似母亲一般；
岩石构成的粗犷的庞然大物
栖息在这十一月温和的傍晚，
紫褐色、善良的傍晚。

风将路旁
凋零的榆树摇动，
把地上的灰尘
卷成玫瑰色的旋风。
青紫色的圆月
喘息着升上天空。

白色的路径

交叉并远去，

在谷地和山峦中，

寻觅散落的农舍，

乡间的路径……

啊！我再也不能与之同行！

XXIII

主啊，你夺去了我的至爱。

上帝啊，请再听一听我的心声。

主啊，你的意志将我制裁。

主啊，只有大海和孤独与我同在。

XXIV

希望说：总有一天

你会见到她，只要耐心地等。

绝望说：

她只是你的痛。

大地并没有吞噬一切，
心啊，跳动……

XXV

那边，在高原，
杜埃罗河划出弓形的曲线，
索利亚周围，
在铅灰色的山岗
和零落的圣栎林中间，
我的心在流浪，在梦乡……

你没看见吗，莱昂诺尔[1]，河边的杨树
和它们僵硬的枝干？
请看蓝白色的蒙卡约山；
把你的手给我，让我们去散步。
沿着我家乡的田野——
镶着灰蒙蒙橄榄林的花边，
我独自走着，
忧伤，衰老，疲惫，思绪万千。

---

① 诗人已故的妻子。

XXVI

我梦见你领着我
沿一条白色的小径，
在一个静谧的清晨，
在绿色田野中，
走向蓝色的山岭，
走向山峦的葱茏。

女友啊，
我感到你的手在我的手中，
你孩子般的声音
在我耳边，像一个
崭新的从未用过的银铃
回响在春天的黎明。
多么真实啊！你的声音
和你的手，在梦中……
希望啊，活着，谁知道
大地吞噬的是什么！

XXVII

一个夏日的夜晚
——我家的阳台
和门都在敞开——
死神闯进来。
死神走近她的床前
——甚至不看我一眼——，
用纤细的手指，
将一个脆弱的东西掐断。
对我沉默不语，看也不看，
死神又一次
经过我面前。你干了什么?
死神默默无言。
我的姑娘恬然，
我的心在受熬煎。
哎，死神掐断的是
连接我们的那一根线!

XXVIII

当积雪消融，

群峰远去。

四月的阳光下，

沃土又泛绿，

冒着绿色的火光，

生命，已无重量；

心灵想着一只蝴蝶，

世界的地图，进入梦乡。

开花的李树和绿色的田野

河岸冒着淡绿色的水汽，

树枝旁，

发白的第一批黑莓，

柔和的风

战胜了岩石和死亡，

令人窒息的煎熬

在对“她”的期盼中流淌……

XXIX

在家乡的田野，

我成了外人

——我的家乡在杜埃罗河

流过的地方，灰色的巨岩

和古老橡树林的幽灵，在河的两旁，

而在那卡斯蒂利亚，神秘而又好战；

文明，谦卑，勇猛；

高傲而又刚强——，

在我的安达卢西亚的田野，

啊！我的出生地！我想歌唱。

我有童年的记忆，

我有阳光和棕榈的意象，

在一个黄金的天堂，

那里有久远的钟楼和白鹳，

那里是有街巷无女人的城市，

在湛蓝的天空下，在荒凉的广场，

结着圆圆的金黄的果实

燃烧的柑橘树在生长；

阴暗的果园里，

柠檬树的枝条布满灰尘

和淡黄的柠檬，

映照在清澈的泉水上，

晚香玉和康乃馨的芬芳

混合着罗勒与薄荷的浓香；

灰色橄榄林的形象，烈日下

使人无法睁眼，头昏脑涨，

绵延不绝的山脉

映照着傍晚无限的霞光；

然而缺少记忆拧在心中的线索，

在其岸边抛下的锚，

要么这些记忆不是灵魂。

在它们斑驳的外衣上

有记忆被剥夺的标志，

记忆承载的沉重的负担。

但总有一天，那些纯贞的躯体将返转，

带着内心深处的光辉，回到昔日的岸边。

1913 年 4 月 4 日于罗拉 · 德尔 · 里奥

XXX 致何塞·玛利亚·帕拉西奥

帕拉西奥，好朋友，

春天是不是

正在为河边与路旁

那些山杨的枝条披上新装？

在杜埃罗高原，春天总是姗姗来迟，

但当她到来时，却是这样的温柔和漂亮！……

那些老榆树

可长出了新叶？

金合欢肯定还是光秃秃的，

山峰还盖着积雪。

啊，那白色和玫瑰色的蒙卡约山

在阿拉贡的天空，何等的美观！

在灰色的岩石间

可有黑莓吐艳？

在细嫩的绿草地

有白色的雏菊？

在那些钟楼里边

将会有飞来的白鹳。

在已经播种的地里，

将有棕色的骡子，绿色的麦田，

还有农夫在播种晚熟的庄稼

趁着四月的细雨。

蜜蜂将会在百里香和迷迭香上采蜜。

李树开花了么？可还有紫罗兰？

蹑手蹑脚的猎人，

在他长长的斗篷下，

少不了石鸡的呼唤。

帕拉西奥，好朋友，河边可有了夜莺？

随着果园里第一批百合

与玫瑰竞相吐艳，

在一个蓝色的傍晚，请登上埃斯比诺山，

登上高高的山巅，那里是她的家园……

巴埃萨，1913 年 3 月 29 日

XXXI　另一次旅行

已然在哈恩[①]的原野。

天亮了。火车奔驰

在闪亮的铁轨上，

吞噬着灌木丛、大麦田、

---

① 哈恩（Jaén），与巴埃萨相邻的城市，是西班牙油橄榄的主要种植区。

橄榄林、小村庄、

土埂路、乱石滩、

刺蓟、草场、

阴暗的峡谷和山岗。

透过模糊的小窗，

春天的原野

转向后方。

在我乘坐的三等车厢，

天花板上闪着灯光。

白色的云团中，

镶嵌着暗红和金黄，

清晨的雾霭

逃离峡谷。

我这失眠的梦乡！

这寒冷

不眠的黎明时的寒冷！……

火车在前进，

在喘气，

在回响。田野在飞翔。

对面，一位先生

睡在他的毛毯上；

还有一个修士和一个猎人

——猎犬躺在他的脚旁。

我望着自己的行李，

那破旧的口袋；

将另一次

杜埃罗大地之行回想。

昔日的另一次旅行

在卡斯蒂利亚地面，

清晨的松树

伫立在阿尔马桑和金塔纳之间！

多么快乐啊

有人相伴！

一天

死神打破了团圆！

你冰冷的手

压抑着我的心！

火车：奔驰，鸣笛，冒烟，

使车厢的队列

运转，

使心灵

和行李疲倦。

孤独，

无聊。

多么可怜，连自己都不愿

和自己在一起，

也不知是否

还会独自去游玩。

XXXII 一日之诗

乡间思考

我已在此，
鲜活语言的教授，
（昨天是诗艺导师，
夜莺的学徒）
在一个湿冷的村镇，
混乱而又阴沉，
身边是安达卢西亚和拉曼恰人。
冬天。靠近炉火。
外面细雨霏霏，
时而变成薄雾，
时而夹杂着雪花飘落。
我想起了田野，
神奇的造物主啊，
你干得不错！
降雨，你持续而又经常地
将雨水洒在麦田和蚕豆地里，
你的雨水默默无声
滴入葡萄园和橄榄林中。
小麦的播种者们

和我一起赞美你；
还有以收获油橄榄
为生的人们；
期盼好运
能吃饱饭的人们；
那些年
如同去年
将他所有的钱币
置于轮盘，置于全年
都在背叛的轮盘上的人们。
下吧，下吧；你的薄雾
变成雨夹雪，
然后又变成细雨霏霏！
下吧，主啊；下吧，下吧！

在我的房间，
闪耀着冬日的光芒
——雨水和玻璃
过滤了灰色的傍晚——，
我在思考和梦想。
被遗弃
在角落的钟泛着微光，
它的滴答声，敲击着，
重复到被人遗忘。

滴答，滴答……我听到你的声音。
滴答，滴答……总是一样，
单调而又沉闷，
滴答，滴答，
一颗跳动的金属的心脏。
在这些小村里，
有人听时间的脉搏吗？没有。
在这些小村里，
人们在不停地与钟表战斗，
与度量
空虚时间的单调战斗。
但是，你的钟点是我的钟点吗？
你的时间，你的表，是我的吗？
（滴答，滴答……）一天
（滴答，滴答……）过去了，
而我的至爱，
已经被死神带走，不再回来。

远处响起
一座座钟的哀鸣……
窗上响起
雨水急促的敲击声。
神奇的农夫，
我回到自己的田野。

主啊，面包的播种者们
将怎样赞美你！
主啊，难道你的雨
不同样是耕牛在田野
国王在宫殿的法律？
啊，美好的雨水，
你将生命留在了逃离中！
你啊，一滴一滴，
从泉到泉，从河到河，
恰似这单调乏味的时间
奔向遥远的大海，
带着所有想要诞生的生命，
所有在春天的阳光下
等候绽放的花朵，
请发发慈悲吧，
明天
你将是早熟的谷穗，
碧绿的草地，红润的肌体，
还有：爱又不能
不能、不能
相信的理智、疯狂
和苦痛！

夜幕降临；

灯泡里的细丝

在变红；

然后闪烁，

发光

比火柴略强。

天晓得我的眼镜

哪里去了……在书籍、

杂志和纸堆中，

谁找得到？……在这里。

新的书籍。我翻开

乌纳穆诺[1]的一部著作。

啊，这因为诞生或复活

而躁动的西班牙

所钟爱

所偏爱的作家！

啊，萨拉曼卡大学校长！

我这个乡村中学

卑微的教师

永远是你忠实的追随者。

你称自己的哲学

为艺术爱好

---

① 乌纳穆诺（Miguel de Unamuno，1864—1936），西班牙“九八年一代”诗人、作家，曾两度当选萨拉曼卡大学校长。

变化无常而又荒诞，
它属于我，伟大的堂米格尔先生。
美好的泉水，
永远鲜活，
流动；
诗歌，在于热情。
建设性？
——没有基础
无论在水还是在风。
划桨，
远航
向无边无岸的海洋。
亨利·柏格森[①]：
《论意识的直接资料》。
这是另一个法国人的哄骗？
柏格森狡猾；
对吧，乌纳穆诺大师？
柏格森不像
那个伊曼纽尔[②]，

① 亨利·柏格森（Henri Bergson，1859—1941），20 世纪初法国著名哲学家。首倡“演进”哲学而摈弃“静止”的哲学理论。其著作《论意识的直接资料》中译本参照英文译名译为《时间与自由意志》。

② 伊曼纽尔（Immanuel Ben Solomon，约 1260—约 1328）又称马诺埃罗·朱迪欧。希伯来诗人，大部分时间居住在罗马，一般认为他是用希伯来文写世俗诗的创始人。

不朽的杂技演员；
这个着了魔的犹太人
在他的脚手架中
发现了自由意志。
这不错：
每个智者，都有自己的问题，
每个狂人，都有自己的主意。
重要的是
在多灾多难而又短暂的生命中，
我们是自由地度过
还是沦为奴隶；
但是，倘若我们
要去海洋，
前景便会一样[①]。
啊，这些村庄！
很快会
对所罗门[②]的呵欠
做出阅读、界定和考量。
一切都如
传道书所述：

---

① 这又让我们想起了豪尔赫·曼里克的诗句：我们的生命是河流 / 流向海洋 / 而大海是死亡；……

② 所罗门（Salomón），古代以色列国王，以智慧著称，因而又指智者和大学问家。

是孤独中的孤独，

虚无中的虚无？

我的雨伞，我的礼帽，

我的外套……雨

小了……那么，我们走吧。

已是夜晚。在药店的内院

有人在交谈：

“堂何塞，

我不明白，

自由主义者是怎么回事

这般禽兽不如，这般道德败坏。”

“啊，请您放心！

狂欢节过后

保守主义者就会到来，

他们会

管好自己的家庭。

一切都会来，一切都会去，

没有什么永恒；

政府也不会久远，

没有延续百年的麻烦。”

“在这些时间过后，将会有

另一些时间，一些，又一些，

别人也和我们一样，

也会烦恼不堪。
这就是生活啊，堂胡安。”
“的确，生活就是这样。”
“大麦在生长。”
“靠这雨水的滋养……”
还有蚕豆
那是精致的物种。
“的确；三月开花，
但有霜，有冰冻……”
“另外，橄榄林
在向苍天祈求
大雨倾盆。”
“滂沱大雨。
农夫们忍受着
辛劳和汗水！
在过去的岁月里……”
——下雨
也只是当老天愿意。
——先生们，明天见。

滴答，滴答……一天已过
如同往日，
这是时钟
单调的诉说。

在我的桌上
放着《论意识的直接资料》。
从本质上说
我也不错，
有时，任性而又随意，
原创而又新奇；
这个我，生活并感觉自己
禁锢在一具难免一死的躯体，
唉！急不可耐地
要跳出这囚禁的樊篱。

巴埃萨，1913 年

XXXIII　1913 年 11 月

又是一年。播种者
将种子撒进田垄。
两头牛在耕种，
乌云
笼罩着田野，
已播种的褐色土地，
灰色的橄榄林。在谷地深处，

那条混浊的河水在流淌。

卡索拉山披着银装，

马吉纳，雨骤风狂；

阿斯奈丁，戴着头盔，向着格拉纳达，

阳光普照的山岗，太阳和岩石的山岗。

XXXIV 祷 文

谁借我一架梯子

让我爬上那木十字架，

为耶稣基督，

将所有的钉子拔下。

——民间祷文

啊，祷文，

吉普塞人献给基督的歌谣，

手上总是沾着鲜血，

总是为了将钉子拔掉！

安达卢西亚人民的歌唱，

每个春天

他们都在到处借梯子

为了爬上十字架！

我故乡的歌唱，

向挣扎的耶稣

献上鲜花，

这是我长辈们的信仰！

啊，你不是我的歌谣！

我不会，也不想

为木头上的耶稣，而要

为另一位海上的耶稣歌唱！

XXXV 昙花一现的过去

这乡村赌场的汉子

看见“猫头鹰”迎来新的一天，

白发苍苍，面色消沉，

愁闷难合的双眼；

灰色的八字胡，讨厌的嘴唇，

神情悲伤又不悲伤，

差不多：世界的空虚

占据了空洞的脑腔。

他还在炫耀

名贵的天鹅绒外套

和紧口的长裤，

琥珀色的礼帽，制作精良。

他三次继承财产；三次输光；

两次成亲，两次死了妻房。

只有在违禁的赌博前

倚在绿色台布的小桌旁，

或者是斗牛士将傍晚回想，

或者赌徒讲述好运，

或者听人讲述绿林好汉的功业，

或者听杀手讲述血淋淋的辉煌，

只有这样的时候，他才斗志昂扬。

对平庸的政治不屑一顾，

对反动政府信口责骂，

预言自由派将要到来，

就像迁徙的白鹳总要回到钟楼一样。

他不怎么干活，靠天

又畏天；有时想起他的橄榄

便唉声叹气，用不安的双眼

望着天空，害怕干旱。

其余，就剩多疑，寡言，

现时阿卡迪亚的俘虏，

心烦；只有烟草的迷雾

能将前额上的阴影遮掩。

此人不属于昨天也不属于明天，

而是从不该有；在西班牙谱系中

他不是成熟的也不是腐烂的果实，
他是个徒有其表的果实
属于那个已经过去的西班牙
而不属于
今日这个已是满头白发的国家。

XXXVI　橄榄树

致马努埃尔·阿约索

1

干渴的老橄榄树
沐浴着白昼晴朗的阳光，
安达卢西亚的乡村
屹立着满身灰尘的橄榄林！
酷热的光线
梳理安达卢西亚的田野，
从土山到土山
除了橄榄还是橄榄！
沐浴着
阳光的大地，
广阔的丘陵，远方的山峦
都是精心绣出来的橄榄！

上千条小路。路上的汉子，
雇工和马车夫，
被箩筐压得长气短出。
从路边的客栈
到城门，剽悍的强盗
呼出来的酒气熏人！
橄榄林啊橄榄林，
在一座座山丘扎根，
宛若精美的绣品！
橙黄色的傍晚
多彩的橄榄林；
银色的月光下
皎洁的橄榄林！
灰色的傍晚，
在暴风雨肆虐的
天空下，
闪光的橄榄林！……
橄榄林啊，上帝为你们
将多雨的一月奉献，
将八月的雨水置于足前，
春天的风
献给你们枝条上的花束；
秋天的雨
献给你们紫色的橄榄。

橄榄林啊，你们小小的橄榄

沿着上百条小径

奔向上百个磨坊。

在田间农舍中

将工作机会

赋予长工和短工，

在宽宽的草帽下面

啊，多么阴凉美好的财源！……

橄榄林和橄榄种植园，

林地和品种，

田野和广场

属于那些忠于土地

忠于犁锄和磨坊的人们，

向命运

展示拳头的人们，

神圣的劳动者们，

顽皮的骑士们，

虔诚而又走私的

先生们！……

属于坐落在河流两岸

山脉褶皱里的

城市和村庄！……

上帝，请降临在

所有的家庭和这无边无际的

橄榄林的心田上！

2

距乌贝达两里地[①]，佩罗·吉尔塔楼，

冒着火热的骄阳，

西班牙悲哀的村庄。

轿车的车轮滚滚

在布满尘埃的灰色的橄榄林。

那里是英雄的城堡。

广场上，小孩子和乞丐们：

破衣烂衫的放荡！……

我们走过

仁慈修道院的门廊。

墨绿的柏树，洁白的墙！

尖酸的慈悲

像铁砂纸

摩擦着心房！围墙里的善良，

屹立在这垃圾箱！……

兄弟们，你们说，这上帝之家，

有什么在里面收藏？

那苍白的青年，

惊奇而又专注，

① 1 西班牙里等于 5.5727 公里。

似乎在看着我们，口张舌举，

或许是村里的疯子，

人们说他：是卢卡斯，

布拉斯或吉内斯，我们的愚者。

我们继续。橄榄林。橄榄树

正在花期。缓慢的大轿车，

伴随两匹遍体鳞伤的瘦马的脚步，

奔向佩亚尔。富饶的乡村。

大地做贡献；太阳在上班；

人生为土地：

耕耘，播种，繁衍，

他的疲惫将土地系于苍天。

我们搅浑了

生命之源，首先是太阳，

用我们悲伤的眼睛，

用我们苦涩的祈祷，

用我们懒惰的手，

用我们的思想

——它生于罪过，

经历痛苦。上帝在远方！——

这仁慈屹立

在坚固的城堡，在这垃圾箱，

这上帝之家，你们说，神圣的

克卢克[①]大炮啊！里面有什么收藏？

XXXVII　致堂吉多品德和民谣的挽歌

最终，一场肺炎夺取了

堂吉多的生命，一整天

都在为他敲响教堂里

“叮——当”的钟声！

吉多先生走了，一位

年轻时喜欢热闹折腾，

风流倜傥，有点像斗牛士，

到老来，热衷于祈祷的先生。

听说这位塞维利亚先生

有一个私密的空间；

他能娴熟地驾驭马匹，

是炮制菊花凉茶的典范。

每当财富减少，

① 克卢克，即亚历山大·冯·克卢克（Alexander von Kluck，1846—1934），德国将军。在第一次世界大战中，任德军右翼第一军司令，几乎进抵巴黎，但被英法联军击败，功亏一篑。于1915年负伤，后退役。

他的偏狂
便是低下头来
冥思苦想。

按照西班牙方式
低头冥思苦想，
找一位富豪之女
做自己的新娘；
重塑自己的族徽，
炫耀家史的辉煌，
以轩然大波
和风流韵事的方式
评头品足，
弱化自己行为荒唐的影响。

伟大的异教徒，
成了神圣
教友会的兄弟；
濯足节[①]他出来了
——那苦行僧！——，
手持大蜡烛

---

① 濯足节（Jueves Santo）是基督教的节日，又称圣星期四，即复活节的星期四。

身着苦行服。
今天钟声告诉我们
明天要去墓地，隆重
送别严肃的吉多先生。

善良的吉多先生，已经
走了，并永不回程……
有人会说：他留下了什么？
我要问：他从你今天
所在的世界带走了什么？

你喜爱的装饰品，
丝绸和黄金，
斗牛的鲜血，
祭坛上的烟尘？

善良的吉多先生
带好行李，一路顺风！……

在这里
和那里，
先生，
人们在你憔悴的面孔
看到无限：
零，零。

啊！消瘦的面颊，

焦黄，

蜡状的眼皮，

和细腻的头颅

在灵床的枕头上！

啊！一位贵族的下场！

花白而又稀疏的胡子

撒在前胸；

躺在粗呢的褥垫上，

僵硬的双手呈十字形，

一本正经！

安达卢西亚先生。

XXXVIII　拉曼恰[1]妇女

拉曼恰和它的女人们……阿加玛霞，尹芳特斯，

埃斯吉维娅，巴尔德佩娜[2]。塞万提斯

和英雄的拉曼恰人的未婚妻、女主人和侄女

---

① 拉曼恰（Manchega），西班牙中部地区，塞万提斯小说《堂吉诃德》以该地区为背景。

② 这些都是小说《堂吉诃德》里的女性人物。

——庭院，食品柜，储藏室和厨房，
纺锤和缝纫，摇篮和干粮——，
堂迭戈的妻子和潘萨的老婆，
客栈老板的女儿，诸多如同在地下的女人，
那么多现在和将来在榨汁作坊、风车
和红霞的土地上的女人
都是拉曼恰人的至爱和西班牙人的母亲。

这就是俊美的拉曼恰女子，十分自信，
小姐，或有美满的婚姻。

夏天平原上的烈日烤着
她们的皮肤，但她的内心储存着
清凉的酒窖。虔诚，她用信仰祈祷
为了上帝使我们摆脱所有无形的烦恼。
她的成果就是家——监视少于塞维利亚，
比卡斯蒂利亚有更多的温馨，更少的碉堡——。
她是拉曼恰家庭神圣的缪斯；
她将餐具收拾整齐，将樟脑放进布匹；
将市场账目写进日记；
精打细算，做祈祷不差毫厘。

还有吗？这些乡村有火一样的爱情。
双眸能烤化拉曼恰人的心灵。

杜尔希尼娅[1]在拉曼恰没有自己的摇篮吗?
难道托沃索[2]不是神女出生的家园,
难道她不是心灵的胎儿和引力,
不受男子汉的玷污而依然将男子汉孕育?

这草地、葡萄园和风车的拉曼恰,
同样的天空下,道路也相同,
晒黑的土地上是浑身皱纹的葡萄藤,
枯萎的牧草像褴褛的天鹅绒;
干旱的原野属于遥远和太阳,
一眼能看到整个南方
——鸟群在白色的村镇
点缀天空的蓝色,一片又一片的田野
似黄金,后面屹立着黄绿色的灌木林——;
这块土地,远离海洋和高山,
在西班牙光辉的太阳强烈的照耀下,
一天,有位绅士对爱情极度地迷恋
——爱情模糊了他的双眼;他的心却能看见——。

你,远和近,在无限辽阔的原野
吉诃德永恒的伴侣和星星,
植根于泥土中的健壮的劳动者

---

① 杜尔希尼娅(Dulcinea),堂吉诃德的“情人”。

② 托沃索(Toboso),西班牙拉曼恰的镇名,在托莱多附近。

——啊！拉曼恰人的母亲，灵感的神灵！——，
善良的阿冬莎，你经历了真正的生命
当你的情人举起他正义的长矛
而在你洁白的房子里，筛着金黄的小麦，
为了你并和你同在的是火热的爱情。

拉曼恰的女性，顶着杜尔希尼娅神圣的
诨名，拯救你们的是吉诃德的光荣。

XXXIX 昙花一现的明天

致罗贝托·卡斯特罗维多

军乐队和鼓手的西班牙，
封闭和圣器室的国家，
崇拜斗牛士[①]和玛利亚的国家，
具有嘲讽精神与平静心灵的国家，
有自己的大理石和日子，
有难以言表的明天和诗人。
徒劳的昨天将产生一个空虚的，
谢天谢地！短暂的明天。

---

① 原文中的Frascuelo，即传奇斗牛士Salvador Sánchez Povedano（1842—1898），于1867年被封为“剑手”。

他们将是呆头呆脑的愚笨的青年，

是身着骗子外衣的刽子手：

以法国时髦的现实主义方式；

有一点巴黎异教徒的方式，

在手臂所及的陋习中

则以西班牙特殊的风格。

更会祈祷和打哈欠的西班牙，

衰老且好赌，悲哀又献媚；

更会祈祷和冲击的西班牙

当不得不用头脑时

还有男子汉长远的创造

热爱神圣的传统

和神圣的方式方法；

使徒们的胡须会繁荣兴旺，

其他的秃顶在其他

可敬的天主教的头颅上闪光。

徒劳的昨天将产生一个空虚的——

谢天谢地！短暂的明天，

那呆头呆脑的愚笨的影子，

属于身着骗子外衣的刽子手。

空虚的昨天将献上一个空洞的明天。

像醉汉喝多了烈性酒的

恶心，一轮红日用浑浊的排泄物

为花岗岩的山峰加冕；

一个令人厌恶的明天
写在实际而又甜腻的傍晚。
然而另一个西班牙在诞生，
凿子和锤子的西班牙，
以种族充实的过去
缔造永恒的青春。
难以平息的自救的西班牙，
她正在迎接天亮
复仇的手握着斧头，
狂怒并有理想。

1913 年

XL 箴言与歌谣

1

我从不追求光荣
也没有将自己的歌
留在人们的记忆中；
我热爱细微的世界，
它们美妙却没有重量

像肥皂泡一样。
我愿它们自我描绘
成太阳并呈红色，
在蔚蓝的天空下飘荡，
突然颤抖并化作渺茫。

2

为什么对偶尔的车辙
以道路相称？……
人在路上走，
如同耶稣，在海上行。

3

为我们的怀疑辩解的人，
我们称作敌人，希望的盗窃者。
如果看到让智慧的牙齿去咬
空壳核桃，对那蠢货绝不要轻饶。

4

当我们期待知识
一小时是一分钟，
当我们知道可以学习
一小时要当一个世纪。

5

采摘未成熟的果实

毫无意义……

蠢货对你的赞誉

毫无道理。

6

人们所谓的美德、

善良和正义，

一半是妒忌，

另一半也不怀好意。

7

我在光洁的手上看到野兽的魔爪；

我认识歌唱的寒鸦和抒情的蠢猪……

大骗子将手放置在心灵，

最粗鲁的汉子却一肚子理性。

8

你不必浪费时间

问已经知道的东西……

可那些没有答案的问题，

又有谁能回答你？

9

人，掠夺的饥饿，邪恶的本性

和先天的狡诈在催促他，

养成机智并囤积土地。

还宣告真理！战争的最高策划！

10

对品德的嫉妒

使该隐成了杀人犯。

该隐啊，发扬光大！

今天的陋习更可怕！

11

怜悯者伸手总是将我们的荣誉夺走；

但格斗者伸手从来不是侮辱。

美德是堡垒，善良是勇敢；

盾牌、利剑和权杖总在额头下面；

因为诚信的品德拥有各种武器：

不仅会抵挡、杀伤、等候，更会出击。

镐能摧毁，鞭能抽打；

炉能使铁熔化，锉能磨出光滑，

刻刀能雕镂，錾刀能凿孔，

剑能劈，锤能砸。

12

对着光睁开的双眼

有一天停下来，然后，

失明的双眼将大地回看

长时间，看不见。

13

智者中的智者

懂得在一生里面

一切都在于权变：

得一点，舍一点……

14

美德是一种快乐，能为最沉重的心灵

减压，能使加图[①]的眉头舒展。

好人就是那守在路边的人，

水，卖给口渴者；酒，卖给醉汉。

15

请和我一起歌唱：知识，我们一无所有，

我们来自一个神秘的海洋，前往一个未知的海洋……

在这两个奥秘之间是那个难解之谜；

一把陌生的钥匙，三个紧锁的箱。

---

① 加图（Catón），古罗马政治家。

智者什么也不教，光明什么也不照亮。

语言在说什么？还有水在岩石间的流淌？

16

人天生是自相矛盾的畜生，

一种需要逻辑的荒唐的动物。

用虚无创造世界，大功告成，

他想："一切皆虚无，我在秘密中。"

17

人只在伪装中是富有的。

相信千万种伪装能骗人；

用自家收藏的双重钥匙

做成工具撬别人的门。

18

啊，当我小的时候

常梦见《伊利亚特》[①] 的英雄！

埃阿斯比狄俄墨得斯棒；

赫克托耳比埃阿斯能，

而阿喀琉斯，最厉害；

因为他最勇猛……童年的天真！

啊，当我小的时候

---

① 《伊利亚特》是《荷马史诗》的组成部分。下面的人物都是希腊神话中的英雄。

常梦见《伊利亚特》的英雄！

19

空核桃的外壳，

哥伦布多么心虚，

全靠欺骗活着

却好像在推销真理。

20

特蕾莎[①]，火热的灵魂；

圣胡安[②]，火焰的精神；

神父们，这里很冷；

我们耶稣的心停止了跳动！

21

昨天我梦见自己

看到了上帝并和他讲话；

梦见上帝在倾听……

然后梦见那是在做梦。

---

① 即圣特蕾莎·德·赫苏斯（Santa Teresa de Jesús，1515—1582），西班牙神秘主义诗歌的代表。作为卡门教派的修女，她性格活跃，精力充沛，热衷于宗教改革，一生中创建了数十所修道院。和圣胡安是教友。

② 即圣胡安·德拉·克鲁斯（San Juan de la Cruz，1542—1591），原名胡安·德·叶佩斯·阿尔瓦雷斯（Juan de Yepes Álvarez），西班牙神秘主义诗歌的代表人物。

22

男人和女人的事情：

昨日的情投意合

我几乎已经忘却了

是否曾经有过。

23

可爱的朋友们，对我

前额上的皱纹不要吃惊。

我与人和睦相处，

却与我的内心进行战争。

24

十个头脑里，九个在攻击，

一个在考虑。愚蠢者

绞尽脑汁，处心积虑，

对此永远都不要感到惊奇。

25

蜜蜂，从花中

采蜜，夜莺，

从爱中采集歌声；

——请原谅，先生们——

——请原谅，露西亚[1]——
但丁和我改变了神学中的爱情。

26

让一个烧炭工，一个智者，
一个诗人，置身于田间。
你们将看到智者怎样观察和思考，
诗人如何赞叹又沉默无言……
或许，烧炭工在寻找
黑莓和蘑菇。
然后带他们到剧院，
只有烧炭工不打呵欠。
谁热爱生活而不是画出来的风光
谁便会思考、憧憬或歌唱。
烧炭工的头脑里
充满梦想。

27

我们的用途
用在何处？
让我们回到真实吧：
虚无中的虚无。

---

① 露西亚（Lucía），但丁的《神曲》中的女圣人。她是盲人的保护神，名有“光明”之意，但丁患有眼疾。

28

每个男人

都要上两个战场。

在梦中和上帝较量；

醒来，和海洋。

29

行人啊，你的足迹

就是路，如此而已；

地上本无路，

路是人走出。

路因走而成，

回头望

便会看到一条

不会再有人走的小径。

行人啊，人在地上走

像船在海上行。

30

“有希望的人才会失望”，

这是大众的话语。

多么真的真理！

真理就是真理，

不会改变，哪怕
人们想得恰恰相反。

31

心啊，昨天还在发声，
你那小小的金币
此刻已无响动？
你的储钱罐，
在时间将它打破之前，
就已空洞无物了吗？
我们要相信
自己知道的一切
都不真。

32

啊！沉思者的信仰！
啊！深思熟虑的信仰！
只有当心灵来到世上，
人性才会溢出，大海才会膨胀。

33

我梦见上帝像一座锻炉，
炉火将铁软化，
像一位铸剑者，
像一位钢铁的打磨者

在光刃上签署：

自由。——王国。

34

我热爱的耶稣曾说：

天和地都将流逝。

当天地流逝，

我的话语会留下。

耶稣，你的话语是什么？

宽恕？慈善？爱情？

你所有的话

只是一个词：醒。

由于你们不知道

该醒来的时间，

倘若你们一直在梦中

就把你们唤醒。

35

有两种觉醒的方式：

一是启迪，一是耐心。

一个在于微微照亮

深深的海洋；

另一个在于修行

用鱼竿或渔网等候

像渔夫那样。

请告诉我：哪一种更好？

是幻想者

看着深深的鱼缸里

活生生的鱼

在逃跑

却不能捕捞，

还是干这可恶的勾当——

将大海里的死鱼

抛在沙滩上？

36

经验主义的信仰。我们现在和将来

都不屑一顾。我们的生命都是借来的。

无所谓带来；无所谓带走。

37

你说什么也没发明？

没关系；用泥土

做一个酒盅

供你兄弟饮用。

38

阿尔法雷罗[1]，对着陶器

你说什么也没创造？

没关系，做个酒杯吧

哪怕你不会和泥。

39

听说那位智慧的老师

用剪刀

把神圣的鸟

变成了可怜的母鸡

——康德[2]是为飞禽

剪羽毛的人；

他的全部哲学，

是训练猎鹰的体育——，

听说他想跳跃

大院的围栏

并飞向

柏拉图身边。

是！好哇！

---

① 阿尔法雷罗（Alfarero）是制陶工的意思。

② 康德（1724—1804），德国哲学家、作家，德国古典哲学创始人，其学说深深影响近代西方哲学，并开启了德国古典哲学和康德主义等诸多流派。康德是启蒙运动时期最后一位重要哲学家，是德国思想界的代表人物。

有福之人才能见到他！

40

不错，世上所有人都相同[1]：

两匹遍体鳞伤的瘦马拉着的车，

走向车站，在路上颠簸；

车上挤满了普通的乘客，

其中一个平头百姓，沉默不语，身患重病，

人们有的对他说长道短有的又将葡萄酒相送……

在那里，到站了，有个人要下车？

还是所有人都留在车中？

41

知道杯子用来饮水

不错；

糟糕的是我们不晓得

干渴是为了什么。

42

你说没有损失，

如果打破了这个酒盅，

我就不能用它饮酒，

再也不能。

---

① 在西班牙语中，“相同”和“平等”是同一个词。

43

你说没有任何损失，

也许你所言是真；

但我们失去一切，

一切也将失去我们。

44

一切都流逝又一切都留住；

但我们的拥有就是流逝，

流逝为了开路，

海上之路。

45

死亡……像一滴水

落在茫茫大海中？

或是我从未有过的经历：

独自一人，无影也无梦，

孤独者前行

没有道路也没有明镜？

46

昨天我在梦中

听到上帝叫我：警惕！

然后上帝入梦，

而我喊道：清醒！

47

人有四件东西

在海上派不上用场：

锚，舵，桨，

还有对海难的恐慌。

48

看着我的骷髅

新哈姆雷特会发言：

这里有个美丽的化石

来自狂欢节的假面。

49

伴随变老的脚步，我看到，

在无限广阔的明镜中

一天，我骄傲地审视自己，

像水银一样坐立不宁。

一只致命的手

划着家中镜子上的水银，

一切都从那里过去，

如同光线沿着玻璃。

50

——我们的西班牙人在打哈欠。

是饿了？困了？还是厌烦？

大夫，他的胃里是不是空无一物？

——空无一物的不是他的胃，而是他的头颅。

51

灵魂之光，神圣之光，

太阳，路灯，火炬，星星……

一个人摸索着前行；

用剑挑着灯笼。

52

两个青年在商议

要到当地的节日去

他们该从大路走

还是穿过庄稼地。

说着说着变吵架

两人开始动手打。

各执松木棒

愤怒打对方；

互相揪胡子，

恨不得全拔光。

一个车夫经过，

边走边歌唱：

“朝圣者，去罗马，

条条大路

都走得，
只有走才能到达。”

53

一个西班牙已经死了
另一个在打哈欠，在二者中间
有一个西班牙人愿意活着
并开始生活。
小小的西班牙人
来到这个世界，上帝保佑你。
两个西班牙中的一个
会将你的心冻结。

1909年

XLI 寓言

1

当年有个孩子
梦见一匹纸马。
当他睁开了眼睛
却不见小马的踪影。

又有一匹小白马

出现在孩子的梦中；

现在你逃不了了！

他抓住了马鬃……

刚要将它抓住，

孩子已经清醒。

他握紧拳头。

小马飞上了天空！

孩子非常严肃

想到这并非事实，

小马是在梦中。

他没有再做梦。

但他已长成青年

有了一次爱情，

他对恋人说道：

你是假意还是真情？

当青年变成了老年

他想：一切都是梦，

马是真的，

马又在梦中。

当死神来临，

老人问自己的心灵：

你可是一场梦？有谁知

他是否曾经清醒！

2

致堂维森特·休拉纳

在塔尔特西德平原洁净的沙地
西班牙在那里结束而海洋依然在延长，
有两个人将头倚在手上：
一个在安睡，另一个似乎在思想。
一个，在温暖春天的早上，
在平静的海岸旁，
注视着波光粼粼的大海
在自己的眼前化作渺茫。
他已入睡，梦见
善于保护海上羊群的牧人普洛透斯[①]，
并梦见涅柔斯[②]的女儿们将自己召唤
还听见了波塞冬的马匹口吐人言。
另一个看着海水。他的思绪在飘荡；

---

① 普洛透斯（Proteo），希腊神话中的一个早期海神，荷马所称的“海洋老人”之一，以驯牧海上野兽为生。普洛透斯能知道过去、现在，预知未来。他还能随意变成狮子、龙、流水、树木等物，从而使人无法捉到他，不过，一旦有人逮到他，他就必须向该人预言未来。

② 涅柔斯（Nereo），希腊神话中的一个海神，他娶了大洋神女多里斯为妻，生下五十位温柔贤淑的海洋神女，她们被称作涅柔斯的女儿。涅柔斯是后来被波塞冬取代的古代海神的代表。

海洋之子，在航行，或飞翔。
他的思想有着海鸥的飞翔，
看见一条银鱼跳跃在咸涩的水面上。
他想：“这一生如同垂钓者对大海的
憧憬，而终有一天垂钓会终止。”
梦中人梦见大海将他照亮
又梦见大海的幻影却是死亡。

3

曾经有一个水手
在海边造了一个花园，
自己做了园丁。
当花园里百花盛开，
园丁却走进了
上帝的大海。

4

劝告

懂得等，等候涨潮——像船只
在海岸——，启程没有使你不安。
等候者皆知胜利属于自己；
因为生命漫长而艺术是玩具。
倘若生命短暂
而大海未抵达你的帆船，

等候而未启程就一直等，

因为艺术漫长，而且，无足轻重。

5

信仰的修行

上帝不是海洋，上帝在海洋；

像月亮闪烁在水面，

或像一面白帆；

一半清醒一半睡眠。

创造了海洋，又如同

云和暴风雨，从海洋诞生；

是造物主，并造了生灵；

其呼吸是灵魂，又为灵魂而呼吸。

我的上帝啊，我要创造你，像你创造了我一样，

为了将你赋予我的灵魂赋予你

我要在自己身上创造你。让善良

纯净的河永远，

流淌在我的心田。上帝啊！

请让没有爱之浑浊的源泉枯干！

6

我们大家带着的上帝，

我们大家缔造的上帝，

我们大家寻觅的上帝，

永不能相遇。

三个神或三个人

属于唯一真正的上帝。

7

理智说：让我们

寻找真理。

心灵说：空虚。

我们已拥有真理。

理智说：哎呀，

谁找得到真理！

心灵说：空虚。

希望就是真理。

理智说：你撒谎。

心灵回答：

理智啊，撒谎的是你，

你说的是感觉不到的东西。

理智说：心灵，

我们永远无法沟通。

心灵说：让我们看看能或不能。

8

思考的头脑，

蜜蜂采蜜的嗡嗡作响

在多么远的地方！

你将阴影的帐幔
放在美丽的世界上，
你以为看见了，因为
你在以节拍将阴影衡量。

当蜜蜂用田野
和太阳的汁液
酿制蜂蜜，我在
将什么也不是的真理，
将虚无放进熔炉里。
从海洋到知觉，
从知觉到见解，
从见解到理念
——美丽的任务啊！——，
从理念到海洋。
又重新开始轮转！

XLII 我的小丑

我梦中的魔鬼绽开笑颜
用细小的利齿，

红色的双唇，

黑色、生动的双眼。

调皮、快活

而又滑稽地舞蹈，

炫耀他畸形的身躯

和凸出的驼背。

身材短小，大腹便便，

胡须满面，丑陋不堪。

小丑，我不知你有何理由，

取笑我的悲惨……自己

却由于那无缘无故的舞动

而生气盎然。

颂　　歌[1]

I　致堂弗朗西斯科·吉内尔·德·罗斯·里奥斯[2]

大师远去了，

今天的晨光告诉我：

我的兄长弗朗西斯科

已三天没工作。

他死了吗？……我们只知道

他沿着一条明亮的小路离去，

他对我们说：

为我举行一个劳作和希望的葬礼。

你们要做好人，仅此而已，

要成为你们中间的我：灵魂。

你们要继续活着，生命会继续，

① 颂歌全 14 首，选译 9 首。

② 弗朗西斯科·吉内尔·德·罗斯·里奥斯（Francisco Giner de los Ríos，1839—1915），西班牙哲学家和教育家，在文学、艺术、社会学、法学、教育学等领域均有建树。

死者已逝，阴影会过去；
放得下的人拿得起，活过的人会活。
铁砧啊，轰鸣；大钟啊，沉默！

清晨霞光
和车间太阳的弟兄，
神圣生命的快乐长者
奔向更纯洁的光明。
……啊，对了！朋友们，
把他的遗体抬到山顶，
抬到宽阔的瓜达拉玛河
蓝色的群山中。
那里有青松覆盖的峡谷，
林间回响着涛声。
在一棵纯美的橡树下，
安息着他的心灵，
地上布满百里香，金色的蝴蝶
嬉戏在花丛中……
总有一天，大师会在那里
梦见西班牙新的繁荣。

巴埃萨，1915 年 2 月 21 日

Ⅲ　致哈维尔·巴尔卡塞

“……春的间奏”

巴尔卡塞，和蔼可亲的朋友，

如果我还有从前的歌喉，

便会唱响春天的间奏

——因为有一天，我曾是夜莺的学徒——，

和你菜园中的细语

——隐蔽的水流在花丛中回响，过去，

流经沟渠、水管和小溪——

还有你的蜂群不安的鼓噪，

和那苦闷的青春

怀着神圣的激情，

踩着我凉鞋的痕迹来到。

然而今日……难道因为

那沉重之谜在荒凉的长廊中诱惑了我，

我便用那把小小的钥匙

打开房屋尽头那扇朝向阴暗大海的窗户？

难道因为让我的脚步

踩上大地的那个人已经离去，

孤独便让我在这没有金黄庄稼的公有土地

产生恐惧?

我不知道，巴尔卡塞，但我不能歌唱：
我歌喉里的声音已经进入梦乡，
而心中留有一段赞美诗。
心儿已只会祈祷，不会歌唱。

但是今天，巴尔卡塞，像一名老修士
我能进行作为奉劝的忏悔。

在这明朗的日子，
你幻想和情爱的躯体已经安息
——潺潺的小溪
也滞留在那宽阔的沉寂——，
巴尔卡塞，可爱的朋友，
请将节日的盛装穿在身上！
不要把整洁和周日的衣裳
保存在衣箱
以免到明天，泪水在残破的缎绸
和凋谢的花边随意流淌。

佩上你闪光的宝剑，
披上你的盔甲，
将你钻石的胸饰
佩戴在白色的外衣下。

谁知道！你的星期日
竟是战斗和劳动的工作日，
是不知疲倦的上帝之日，
是上帝战斗的明朗之日。

Ⅳ 山 蝶

献给胡安·拉蒙·希梅内斯
向其作品《小银和我》[1]致意

蝴蝶啊，你可是
这些孤独山岭、
幽深峡谷、
险峻山峰的魂灵？
为了让你出生，
有一天，仙女
带着她的魔棒，
下令石暴
收起它的声响，
用链条捆住大山，

---

① 希梅内斯是西班牙诗人，1956年诺贝尔文学奖得主，《小银和我》（*Platero y yo*）是其著名的长篇抒情散文，“小银”是每日与他为伴的小毛驴的名字。

为的是让你飞翔。

黑色、橙色、

棕色、金黄，

山蝶折叠起

小小的翅膀，

落在迷迭香，

要么和太阳嬉戏，

变化无常，要么像十字架

钉在一缕阳光上。

山蝶啊，

山间和田野的蝴蝶，

无人描绘过你的色彩；

你依靠自己的色彩和翅膀，

这般自由，这般风趣地

生活在空气、阳光和迷迭香……

愿胡安·拉蒙·希梅内斯

那褐色的七弦琴为你奏响。

于卡索拉山，1915 年 5 月 28 日

Ⅵ　献给年轻的西班牙

……那是谎言和无耻的时代。
整个西班牙，醉生梦死，遍体鳞伤，
贫穷憔悴，为了触摸不到伤痕，
给她披上了狂欢节的盛装。

那是昨日；我们几乎是少年；
恶劣的时代，孕育着悲惨的预言，
那时我们想凭空编织一个梦想，
当大海已入睡，海难司空见惯。

我们将破旧的帆船丢在海港，
快乐地乘着金色的船只去远航，
深入远海，不想靠岸，
扬帆，抛锚，驾驭海洋。

那时，一缕霞光想照进我们的梦想——
那战败的、不光彩的世纪的遗产
正在远去——与我们的混浊
战斗的是神圣的思想之光。

但每个人都在继续他的疯狂之旅；

舞动手臂，彰显着他的勇气；
卸下宛如明镜的盔甲，并说：
“今天倒霉，但明天……属于我。”

昨日的明天即今日……整个西班牙，
身披那狂欢节肮脏、华丽的服装，
依然是：醉生梦死，贫穷憔悴；
但今天的苦酒是它的血浆。

你，更年轻的青年时代，如果你的意志
来自更高的山峰，你将甘冒清醒、
透明的风险，奔向神圣的光明：
它像钻石一样纯洁，像钻石一样晶莹。

1914 年 1 月

Ⅸ　致鲁文·达里奥大师

这位尊贵的诗人，
在魏尔兰[①]的身上，听到了
傍晚的回声和秋天的提琴，

---

① 魏尔兰（Paul Verlaine），法国诗人，象征主义诗歌的代表人物。

在法兰西的花园里
剪下龙萨的玫瑰，
如今，太阳神另一侧的朝圣者，
给我们带来了他神圣语言的黄金。
赞美诗齐声奏响！
那装备精良的航船，
坚固的船体，钢制的船头，
扬起白帆，沐浴着风和阳光，
划开咆哮的海面向着彼岸远航；
我向他呼喊，
拯救这艘华丽航船燃烧的旗帜吧，
它正从一个新西班牙
驶向西班牙的海港。

1904年

X 悼鲁文·达里奥

既然在你的诗中充满世界的和谐，
达里奥，你还去哪里将它寻觅？

赫斯佩里亚[1]的园丁，大海的夜莺，
对星星的音乐感到吃惊的心灵，
狄俄尼索斯[2]将你拖进了地狱
你可会带着新鲜的玫瑰凯旋回程？

当寻找梦中的佛罗里达和永恒的
青春之泉，人们可曾伤害你，司令？

愿你清澈的历史留在母亲的语言中。
哭泣吧，西班牙所有的心灵。

鲁文·达里奥逝世在黄金的卡斯蒂利亚；
这新的语言穿过大海来到我们当中。

西班牙人啊，让我们在一块庄重的大理石
刻上他的姓名、笛子、诗琴和一段碑文：
除了潘，谁也不能演奏这笛子，
除了阿波罗，谁也不能弹拨这诗琴。

1916年

---

① 赫斯佩里亚（Hesperia），意为西方的土地，是古希腊人对意大利、罗马人对西班牙的称呼。

② 狄俄尼索斯（Dionysos），希腊神话中的酒神。纵酒是达里奥主要的死因之一。

Ⅻ 我的诗人们

第一位诗人叫贡萨罗·德·贝尔塞奥[①]，
贡萨罗·德·贝尔塞奥，诗人和朝圣者，
穿过庙会的人群来到草原，智者们
在一张羊皮纸上抄写，将他描摹。

他歌唱过圣多明戈、圣玛利亚，
圣米兰、圣奥利亚和圣罗伦索，
他说：我的作品不是行吟诗歌；
我们将它记录下来；这是昔日真实的生活。

他的诗句甜美而粗犷：
就像山杨冬季的枯枝没有丝毫的光亮；
棕黑色待耕土地上的犁痕就是他的诗行，
远方，是卡斯蒂利亚蓝色的山岗。

他给我们讲述疲惫的迷迭香的传奇；
阅读祈祷的经书和圣徒的传记，
抄写陈旧的故事，讲述他的文章，
向我们散发心灵的光芒。

---

① 贡萨罗·德·贝尔塞奥（Gonzalo de Berceo Uamado，约 1196—1264），他是一名世俗教士，在圣米兰修道院做院长秘书，同时进行诗歌创作，内容多与宗教有关。

XIII 致堂米盖尔·德·乌纳穆诺

纪念其《堂吉诃德和桑丘的一生》

这个堂吉诃德式的人物
堂米盖尔，坚强的巴斯克人，
戴着滑稽的头盔，
穿着拉曼恰人古怪的铠甲。
骑着幻想的坐骑向前，
毫不惧怕流言蜚语
疯狂地挥动金色的马鞭。

他在一个由赶脚人、催租人、
赌徒和高利贷者组成的人群中，
向他们传授骑士的课程。
他的种族麻木的心灵，
仍在铁和血的权杖下昏睡，
但总有一天会苏醒。

他想在跨上坐骑之前，向骑士
展露眉宇间的疑团；
就像新的哈姆雷特，
注视心中赤裸的钢刃。

他有坚韧种族的气质，

对远离家乡满怀憧憬，

在大洋彼岸寻找黄金。

在死后展示光荣。他想成为

奠基者，并声称：我相信；

上帝和西班牙未来的精神……

他与劳耀拉[①]相比，有过之而无不及，

他是耶稣的知己，将法利塞人[②]唾弃。

XIV 献给胡安·拉蒙·希梅内斯

致其《悲哀的咏叹调》[③]

五月的夜晚，

湛蓝又安详。

圆月闪银光

照在柏树上，

---

① 伊尼高·劳耀拉（Ignacio de Loyola，1491—1556），16世纪西班牙反法战争的英雄，笃信并致力传播天主教，被后人尊为圣徒。

② 法利塞人（fariseo），《圣经》中“法利塞人”一般是指那些貌似真基督徒的人，他们对《圣经》十分熟悉，说起来头头是道；可是他们并不遵循神的旨意。

③《悲哀的咏叹调》（*Arias tristes*）是希梅内斯早期的诗集，以情诗为主。花园、泉水和夜莺是其中反复出现的意象。

月光照清泉，
泉水在喷涌。
不断地抽泣。
只闻泉水声。

突闻一声鸣
夜莺在歌唱。
微风将涟漪
划在水面上。

优美的旋律
在花园飘荡：
爱神木中央，
琴弦在奏响。

青春和爱情
流水和夜莺，
对着风和月
和谐的哀鸣。

“花园有清泉，
泉水有梦想……”
春天的灵魂，
痛苦的歌唱。

歌喉已沉寂，

琴弦不再响。

只剩下忧伤

在园中飘荡。

只闻泉水唱。

新歌集

（1917—1930）

I　路旁的橄榄树

纪念堂克里斯多瓦·托雷斯

1

在卡斯蒂利亚的荒原上
你与那里的橡树并排生长，
科尔多瓦田野的孤寂，
为古老的谣曲提供了坐骑；
你远离了自己的弟兄
辛勤的农民日夜守护他们——
清瘦的农民住在高山和丘陵，
那里有丰硕的果实，没有阴影；
为你修剪枝干的劳作的手
已经将你遗忘；
老橄榄树啊，正因为
被樵夫的斧头遗忘，你这棵
茂密高大的野树，才这么漂亮，
在这蓝色的天幕下，喷涌的泉水旁！

2

今天，我想在你的树荫下，
将安达卢西亚的田野观赏，就像

昔日观赏那长满橡树的美丽土地
在杜埃罗河上游的岸旁。
孤独的橄榄树啊，
你远离集体，与泉为伴，
古道热肠。
在泛白的道路上，
为沉思的人和清澈的水
奉献你的荫凉，
年迈的橄榄树啊，愿碧眼女神
雅典娜[①]，将你绿色的枝条珍藏。

3

多荫的树啊，一位请愿者
为神庙，将你的绿荫寻觅；
得墨忒尔[②]，气喘吁吁，
顶着夏日的骄阳到树下休息。
但愿那一天再现
女神穿越广阔的天空，
渡过波涛汹涌的海面，
来到那谷物成熟的土地，

---

① 雅典娜（Atenea），希腊神话中的智慧女神，女战神，即罗马神话中的密涅瓦。

② 得墨忒尔（Demeter），古希腊神话中的谷物和大地女神。

在心爱的厄琉西斯城[1]，

身心疲惫，坐在路边休息，

束紧长袍，凝聚目光，

神圣的心中充满焦虑……

老橄榄树啊，我愿有朝一日

沐浴你的荫凉，回忆荷马的太阳。

4

女神来到国王的殿堂，

神圣只表现在平静的目光，

隐藏了自己巨大的形体

年轻的身材和丰满的乳房，

蓝色长袍变成了粗羊毛衫，

一副从事卑微工作

以谋取生计的女奴模样。

刻勒俄斯[2]令人敬重的夫人，

老来生子，给德摩福翁

一个可怜的胸膛，

鬓发灰白的王后

---

① 厄琉西斯（Eleusis），希腊雅典北部的古城，人们在此举行对得墨忒尔的纪念活动。

② 刻勒俄斯（Keleos），希腊神话中厄琉西斯的国王，得墨忒尔寻找女儿时得到刻勒俄斯一家的热情招待，并被安排做了德摩福翁的乳娘。

特别宠爱这个孩子，

让得墨忒尔做了他的乳娘。

孩子就像在女神的怀抱

茁壮成长，

或者像在肥沃的丛林

——像美丽的阿佛洛狄忒[①]的私生子——

在山间仙女们的胸膛。

5

然而母亲的眼睛总是监视，

一天夜里，她将外乡人窥探，

王后看见了一团火焰。英武的王子，

德摩福翁，在红色的篝火中，

得墨忒尔显得十分平静，

亲手在他的脖子、躯干和肚子，

缠上一条火龙。

从国王的床榻上，从芬芳的卧室中，

母亲一跃而起；来到阴暗的走廊，

边疯跑，边叫嚷："我的孩子啊！"

犹如一头脏腑受伤的母狼。

6

得墨忒尔严峻地注视着她。

---

① 阿佛洛狄忒（Afrodita），希腊神话中爱与美的女神，即罗马神话中的维纳斯。

——不会永生的种族，你竟如此怯懦。
我这火焰乃众神之火——。
女神对在怀里微笑的孩子说：
——我是让果实成熟的得墨忒尔，
王子啊，我的气息把你养活，
在我的怀里，你脸色红润，
胜过秋天迎着阳光和风成熟的苹果！……
回到母亲的裙裾里吧，德摩福翁，
别忘了你的乳母是一位女神；
她让你松弛的肌肤变得坚实，
又将它镀成玫瑰的颜色，
她给了你高大的身躯和强健的手臂，
她想，而且也会给你更多：
她会用救人于死亡的火焰，
让永恒的青春与你相伴。

7

漂亮的珀耳塞福涅的母亲[①]
将四月的春雨和夏季的阳光
变成棕色的谷粒，为了制造
洁白、可口的面包，

① 这里指的就是前面所提的女神得墨忒尔，珀耳塞福涅（Proserpina）是她的女儿。

手持金镰的金发女神
跑过一片片麦田，
从田野走到打谷的场院，
成捆的庄稼堆积如山，
瘦骨嶙峋的红色耕牛来了，
痛苦的头颅被束缚在轭上，
眼中是丰收的傍晚。

小麦和燕麦都已收割完，
她将干枯的茬子点燃；
果园里的无花果渗出蜜汁，
硕大的梨子在枝头高悬，
酒窖里有金黄的麝香葡萄酒，
葡萄园中一枝枝玫瑰
装点着园中白色的花坛。
绿色的枝条上挂满橄榄，
将由浅绿变为深黑
在平原、小丘、山峦……

夏日烈焰的橄榄啊，
路旁布满灰尘、厌倦！
石磨将不再榨取你的果实，
它将被兴高采烈的椋鸟叼走
或被快乐的田鸫在枝头上当作美餐。

圣洁之树啊，但愿你的枝条
沐浴着满月的光明，
智慧的雅典娜那不眠的猫头鹰
闪耀它那双迷蒙的眼睛。

泉边的橄榄树啊，愿手持
锋利的镰刀、表情严峻的女神，
将母亲的渴望和苍天的苦闷
带给了你的树荫。

在我家乡的炉灶，
你的树枝点燃了神圣的火焰，
一条河在那里缓缓地转弯
将整个田野冲击成河岸，
不是缔造村镇，而是出海的航船。

Ⅱ　随　笔

1

窗外，
巴埃萨的原野，
明月皎洁。

马吉纳、阿斯奈丁
和卡索拉的山峰！

月亮和石块
都是莫莱娜山脉
孕育的幼崽！

2

橄榄树上，
一只猫头鹰，
飞来飞往。

田野，田野，田野，
橄榄林间，
白色的庄园。

从乌贝达到巴埃萨，
半路
长着黑色的橡树。

3

那只猫头鹰
从花窗，
飞进教堂。

圣克里斯托巴隆
想把它轰走，

因为它在喝
圣母玛利亚的灯油。

圣母说:
圣克里斯托巴隆,
让它喝。

4

橄榄树上,
一只猫头鹰,
飞来飞往。

它飞来时
给圣母
衔来一根绿枝。

巴埃萨的原野啊,
当我无法见到你,
便在梦中与你相聚!

5

不管到哪里,
何塞·德·玛伊雷纳
都带着吉他。

他骑着马

将吉他
在背上斜挎。

马儿
短短的缰绳，
高扬脖颈。

6

棕褐色的小毛驴，
驮着枯枝干，
走在橄榄树之间！

7

山地的科尔多瓦，
你山羊的小径
和野草莓丛！

8

科尔多瓦的平原，
是谣曲[①]的摇篮！……
瓜达基维河[②]缔造沃土，
田野在嘶鸣、呐喊。

---

① 谣曲是西班牙最具代表性的民歌形式。

② 瓜达基维河（Guadalquivir），安达卢西亚最重要的河流，流经科尔多瓦，至塞维利亚则可以航行。

9

灰色的橄榄树，

白色的道路。

太阳吸收了

田野的热度；

就连你的记忆

也在从我身上榨尽

这苦难的岁月

落满尘埃的灵魂。

Ⅲ　走向低地

1

铁的窗栏；粉红的玫瑰。

你在窗后，等候谁，

一双眼窝和眼眸，

宛似笼中关着的雌兽？

在窗棂与玫瑰丛之间，

你可是在梦中

想那些风流成性的强盗，

刀光剑影中狂野的爱情？

在街上游弋，不可能
和你等候的人会面；因为
梅里美[①]的西班牙早一去不返。

从这条街道——将由你挑选——，
走过一位公证员，
他去赴药剂师的牌局，
还有一个放高利贷者，去诵玫瑰经。
我也从这里过，惆怅，衰老。
有一头雄狮在心中。

2

尽管你见我沿街而行，
可我也有我的窗栏，
我的窗栏和玫瑰花丛。

3

我路过郊区的一个客栈。
赶上酒神节的狂欢，
你给我拿来红葡萄酒，
宛若花季的女神一般。

---

① 梅里美（Mérimée，1803—1870），法国小说家，多次游览西班牙，创作了许多以西班牙为背景的文学作品。

美人啊，

醉汉们眼色蒙眬，

向你献媚取宠，

吹牛、逞能！

还有的醉汉

爱慕你钻石般的眼睛，

可却谁也不在你的眼中。

在你的双乳的高度，

满满当当的托盘

托在你黝黑的双臂之间。

女人啊，

让我也喝一点！

4

夏季的一个夜晚。

火车驶向海港，

一路吞吐着海风，

虽然还看不见海洋。

当我们抵达港口，

姑娘啊，你将看见

一把螺钿的折扇

闪烁在海面。

对一个日本女人，
宗鉴[①]如此言讲：
“沐浴皎洁的月光，
你可用折扇纳凉，
沐浴皎洁的月光，
在海岸旁。”

5

一个夏季的夜晚，
在桑卢卡尔的海滩，
我听见有人在唱：
“月亮出来之前……

月亮出来之前，
在海岸旁，
我有两句悄悄话，
要单独对你讲。”
桑卢卡尔的海滩，
夏季的夜晚。
孤寂的歌谣
伴着苦涩的海浪！

---

① 山崎宗鉴（1465—1553），日本诗人，被认为是俳谐的创始者，著有《犬筑波集》。

海岸边，

谁也看不见，

在月亮出来之前！

Ⅳ 长 廊

1

蓝蓝的天空，

一群黑色的鸟儿

尖叫着，扑扇着翅膀，

落在挺拔的杨树上。

……悄无声息的寒鸦

落在光秃秃的杨树，

犹如二月的五线谱，

一串黑色冰冷的音符。

2

青山，河流，细高的白杨

笔直、棕色的枝条，

白色的杏花开遍山岗。

花上的白雪和树上的蝴蝶啊！

带着柔情细语的芬芳，风儿
在田野愉悦的孤寂中飞翔。

3

一道白色的闪电，
蛇一般划破铅色的云层。
母亲紧皱的双眉
男孩惊恐的眼睛，
——在黑暗的大厅！……
啊，阳台向暴风雨关闭！
狂风怒吼，冰雹
猛击着洁净的玻璃。

4

彩虹和阳台。
　　　　　　　太阳的七根弦
在梦中颤动。
童年的定音鼓敲了七下
——水和玻璃。
　　　　　　　金合欢和朱顶雀。
白鹳在塔楼的楼顶。
　　　　　　　广场上，
雨水冲刷着布满灰尘的爱神木。
天啊！是谁将这赏心悦目的纯贞的群体

置于这长方的宽阔领域，
周围是裂开的云层、平静的蓝色
和金色的棕榈？

5

在赭石色的山和灰色的悬崖间，
火车在吞噬着钢轨。
一排闪亮的车窗
双重的人影，宛若宝石上的雕像
在银色的玻璃后，此来彼往……
是谁将时间的心刺伤？

6

是谁在灰色岩石间
为了梦想的蜜糖，
放上了这些黄色的金雀花，
和蓝色的迷迭香？
又是谁将紫色的山峦
和藏红花色的天空，描绘在西方？
寺庙，蜂场，
悬崖断壁在河旁，
水在峡谷不停地流淌，
新的田野上的嫩绿和金黄，
谁安排了这一切，包括那些杏树下

白色和玫瑰色的土壤！

7

毕达哥拉斯[①]的琴弦
依然在沉默中颤动，
阳光下的彩虹，阳光
充满我虚幻的立体视镜。
赫拉克利特[②]火焰的灰烬
迷住我的眼睛。
一时间，世界生了翅膀，
空虚，盲目，透明。

V　月亮、影子和小丑

1

室外，月亮将银光
洒在苍穹、塔楼和屋顶；
室内，我的影子

---

① 毕达哥拉斯（Pitagórica，约前570—约前500），古希腊数学家、哲学家，曾用数学研究乐律。

② 赫拉克利特（Heraclitus，约前540—约前480），古希腊哲学家，爱非斯学派的创始人，认为火是万物的本源。

在刷白的墙上移动。
在这样的月光下，影子
都会变得老态龙钟。

让我们省去
这令人厌烦的小夜曲，
不安分的晚年
和弯刀似的月亮。
卢希拉，将你的阳台关上。

2

在我卧室的墙上，
画着驼背与肚囊。
小丑在歌唱：
　　　　“硬纸板的脸庞，
藏红花色的胡须，
多么怪的模样！”
卢希拉，将你的阳台关上。

Ⅵ　高地之歌

1

沿着白色山岭……

细小的雪花
迎面的风。

松树丛中……
白色的雪
隐埋了路径。

劲风从乌尔比翁
吹到蒙卡约山。
啊，索利亚的荒原!

2

在蒙卡约和乌尔比翁之间，
阳光下，会有白鹳
观赏红色的傍晚。

3

那扇装有合页的门
在我心中打开。
我的故事的长廊，
重又焕发光彩。

再次回到金合欢
盛开的园地，
清泉再一次讲述
爱情浪漫的话语。

4

棕褐色的橡树
和石头的荒原。
太阳在山后失踪，
河流苏醒。

远方的山峦啊，
呈现出淡紫幽红！
在阴暗的空气中，
只有河水声。

昔日的傍晚
在寒冷的田野里，
青紫色的月光，
笼罩了大地！

5

索利亚的青山
和淡紫色的荒原，
多少次我梦见
这百花盛开的谷地，
瓜达基维河
穿过金色的橘树林，
向大海流去！

6

啊！灰色的土地，

你多少次用橡树的阴影，

将绿色的柠檬林

从我眼前抹去！

啊，上帝的田原，

在卡斯蒂利亚的乌尔比翁

和阿拉贡的蒙卡约之间！

7

科尔多瓦，山峦，

塞维利亚，海员

与农夫，向着海洋

鼓起风帆；

广袤的平原上，

泥沙在这里吸吮

苦涩海水的波浪，

我的心，重回杜埃罗河之源，

纯洁的索利亚啊！……

你是大地

和月光的界线！

高高的荒原！

初生的杜埃罗河在那里流淌，

那里的土地是它的故乡！

8

河流苏醒。

在黑暗的空气中，

只有它的响声。

啊，岩石上的水

那苦涩歌谣！……传到

高高的埃斯比诺山上。

在埃斯比诺山下方

山谷深处，

只有河水的声响。

9

旷野上，

没有山僧的寺庙

开着窗。

一片绿瓦。

四堵白墙。

粗犷的瓜达拉玛山

岩石在远处闪耀光芒。

水在闪亮却无声响。

在明亮的空气中，
小小杨树林，叶子已落尽，
三月的七弦琴！

10

黑夜彩虹

致堂拉蒙·德·巴列-因克兰[1]

黑夜里的一列火车
从瓜达拉玛山驶向马德里。
在天空，水和月
酿成了彩虹。
啊，四月平和的月亮，
催促着白色的云层！

母亲带着孩子，
孩子已在裙子上入梦。
孩子虽在梦中，却仍能
看见沿途绿色的原野，
日光照耀的小树
和金黄的蝴蝶。

母亲，愁眉不展，

---

① 拉蒙·德·巴列-因克兰（Ramón del Valle-Inclán，1866—1936），西班牙“九八年一代”著名小说家。

在昨天和明天之间。
看见爬满蜘蛛的炉灶
和快要熄灭的火炭。

有一个悲哀的游子，
可能是看到了稀奇的事情，
他自言自语，而看人时
用眼神将我们抹得无影无踪。

我想念着大雪覆盖的田野
和其他山上的松林。

而你，上帝啊，我们
都想见你，而你看得见心灵，
请告诉大家，是否有一天，
我们都能看见你的面孔。

Ⅶ　歌　谣

1

在开满鲜花的山脚，
辽阔的大海在咆哮。
在我的蜂巢里，

有细小的盐粒。

2

马拉加的夜晚。

海洋和茉莉的气味。

在黑色的水边。

3

春天已经来了。

无人知道它是如何来的。

4

春天已经来了。

啊，盛开的黑莓丛

洁白的歌声！

5

圆月，圆月，

如此饱满，如此浑圆，

在三月静谧的夜晚，

白色的蜜蜂

用月光建造蜂巢！

6

卡斯蒂利亚的晚上；

有人在吟唱，

或许不如说，悄无声响。

当大家都已入睡，

我去敲那扇窗。

7

枝叶嫩绿的杏树

和一对垂柳，在河旁

歌唱，用明快的节奏歌唱。

褐色的橡树被斧头

砍掉的枝干在歌唱，

那无人注意的花朵在歌唱。

果园的梨树上

白色花朵在歌唱，

粉红色的桃花在歌唱。

湿润的风

吹散的蚕豆花香

也在歌唱。

8

小小广场

有一眼喷泉

和四棵盛开的金合欢。

阳光已不再灼热。

多么愉悦的傍晚！

歌唱吧，夜莺。

这时刻同样

属于我的心灵。

9

白色的客栈，

游子的房间，

与我的影子为伴！

10

我家乡的人唱道：

就像罗马渡槽，

姑娘啊，我们彼此的爱意，

坚决不动摇！

11

对于爱的语言

夸张一点

才会觉得舒坦。

12

在圣多明戈，

那场大型的弥撒。

尽管人们说我

是共济会员和异教徒，

我仍和你一起祈祷，

这是何等的虔诚！

13

在绿色草原的节日

——手鼓和高音笛——

一个牧羊人来了，带着

开花的牧杖，踏着金色的木屐。

我从山上下来，

只为和她跳舞；

还要回到山里。

在果园的树上

有一只夜莺；

它日日夜夜在歌唱，

歌唱太阳和月亮。

我沙哑地唱道：

“姑娘要到果园来，

来把一朵玫瑰采。”

在黑色的橡树林，

有一眼岩石的泉，

还有一个瓦罐

永远装不满。

她将会回来，

沐浴白色的月光，

回到这树林旁。

14

在巴龙萨德罗的圣胡安节，

我和你在一起，

明天将在大洋彼岸，

在潘帕草原。

请相信，我一定

会回到你身边。

明天我将居住在潘帕草原，

但我的心

将回到高高的杜埃罗河畔。

15

当你们围成圈舞蹈，

姑娘们，请唱这歌谣：

“草原绿了，

美丽的四月已来到。”

“在河岸边

黑色的橡树林

我们看见了

它银色的木屐在闪耀。

草原绿了，

美丽的四月已来到。”

Ⅷ　杜埃罗河上游之歌

少女们的歌

1

磨坊主是我的情人，

他有一座磨坊，

在松树的绿荫下，

在杜埃罗河旁。

姑娘们，请歌唱：

“我多么渴望

走在河岸上。”

2

我的牧羊人

走在索利亚的大地上。

我多想变成一棵橡树

长在小山岗！

我要是橡树，

会在午睡时
给他遮荫凉。

3

养蜂人是我的情人，
在他的养蜂场，
有金色的小蜜蜂
飞来飞往。
心灵的养蜂人，
你的养蜂场
有我的巢房。

4

索利亚的山峦，
白雪和蓝天，
樵夫是我的情人
把绿色的松树看。
谁能变成雄鹰
看我的主人
砍掉树的枝干！

5

园丁是我的情人，
在索利亚的土地，
在杜埃罗河边，

有自己的果园。

我将穿上绿色的长袍，

暗红色的修女装。我这个

女园丁啊，多么漂亮！

6

在杜埃罗河旁，姑娘们

多漂亮，跳起舞来吧，

红红的脸庞

像虞美人一样。

快来吧！

跳起来；笛子

和手鼓都已经奏响！

Ⅸ 箴言与歌谣

致何塞·奥尔特加·伊·加塞特[①]

1

你看见的眼睛

---

① 何塞·奥尔特加·伊·加塞特（José Ortega y Gasset，1883—1955），西班牙著名文学理论家。

不是眼睛，因为是你见到了它；
是眼睛，因为它见到了你。

2

为了沟通，
首先是问，
然后……是听。

3

自恋
是丑恶的陋习，
可它已上了年纪。

4

要是在镜子中将另一个人寻觅，
那个人会和你形影不离。

5

在生活与梦想之间
还有第三种东西。
猜猜看。

6

你的那个那喀索斯[①]

---

① 那喀索斯（Narciso），希腊神话中的美少年，他爱恋自己在水中的倒影，最后憔悴而死，死后化作水仙。

在镜中看不见自己，
因为他自己就是镜子。

7

新世纪？同一个锻炉
是否依然火光熊熊？
同样的河水是否
还在同一个河床里流动？

8

今天永远是今天。

9

“白羊宫”里的太阳，
我的窗开向寒冷的空中。
啊，远处的水声！——
傍晚将河流唤醒。

10

古老的村落，
嘈杂的人声沉默——
白鹳落在宽大的塔楼！
在寂静的田野，
水在巨石间奔流。

11

像那一次一样，我关注，

被囚禁的水；

但它是在我心灵

生气勃勃的岩石中。

12

当流水哗哗作响，

你可知道它是来自山峰或峡谷，

花园、果园还是广场？

13

我遇到了并未寻找的东西：

蜜蜂花叶

散发熟柠檬的香气。

14

从来无需划定你的领地

也不用关注你的轮廓；

这些都是外在的东西。

15

寻觅你的另一半，

他总是与你同行，

却又常常是你的对立面。

16

倘若春天到来，

请飞向繁花；

不要吮吸蜂蜡。

17

孤独时，

我看到的事情很清晰，

但不真实。

18

水好渴也好；

像阴影和阳光；

迷迭香花的蜜，

无花田野的糖。

19

路边有一眼石泉

和一个小罐

——咕噜噜，咕噜噜，

谁也不拿走。

20

请将这谜语猜破：

泉、小罐和水想说什么？

21

……可是我见过

有人连泥坑的水都喝。

渴急了什么事都做……

22

只留一个符号：

“煮熟了不要再烤。”①

23

蟋蟀在笼子里，

在西红柿旁，

都会唱，歌唱，歌唱。

24

慢工出细活：

做好

比做重要。

25

不过……

“啊，不过

加速摆动腿很重要。”

---

① 原诗中还有一句拉丁文：“*quod elixum est ne asato*.”即“煮熟了不要再烤”的意思。

蜗牛对猎兔犬说道。

26

已经有了积极的人们!

水塘在梦中

梦见了自己的蚊虫。

27

又一个潘多尔福说:

啊,空空的骷髅!

你以为自己

能将一切包容!

28

歌手们,请将掌声

与喝彩,让给别人。

29

醒来吧,歌手们:

别在意反响,

开始歌唱。

30

但是不要寻找不和谐;

因为归根结底,没有不和谐的东西:

人们总能跳舞,无论演奏什么样的旋律。

31

徒有其名的斗士，

昨日无限尊贵

明朝何等卑微。

32

好斗者，拳击手，

和风去打吧。

33

不过……

　　　　啊，不过，

还有一尊神像

在等候拳头供养。

34

“要么更新要么死亡……”[①]

我觉得不恰当。

“航行不可或缺……”

不如说：活着为了观赏！

35

一个新的“零”已经成熟

它将有自己崇拜的偶像：

① 本节第一行和第三行是拉丁文。

行动的实体多么空虚
像理性的实体一样。

36

诗人追求的东西，
不是基本的“我”，
是本质的“你”。

37

一位博士说：
“古老得像世界一样，
因熟悉而被遗忘，
像拉姆西斯[①]的木乃伊一样被埋葬。”

38

然而博士并不懂
今日也是永恒。

39

请在镜中寻找你的同伴，
但既不是为了染发
也不是为了刮脸。

---

① 拉姆西斯（Ramsés），古埃及国王。

40

要好好了解

你渴望的眼睛，

看得见你自己的眼睛

才是眼睛。

41

——古语这么说。

——那就竖起耳朵。

42

基督教导说：

爱别人要像爱自身，

但永远别忘了那是别人。

43

他还说过另一条真理：

寻觅那从不曾属于你

也永不会成为你的你。

44

诗人们，不要轻视话语，

世界沉默而又嘈杂，

只有上帝在说话。

45

一切都为了他人？

小伙子，装满你的水罐

会有人将它喝干。

46

由于缺乏想象

而肆意撒谎：

捏造真理就是这样。

47

剧作家们，每场戏

都遵循一条规律：

原则上是面具。

48

在坏人中，那个忘记了

自己魔鬼天性的家伙是最坏的。

49

你说了一半的实情？

倘若你再说出另一半

人家就会说你说了两个谎言。

50

朋友，我歌中的“你”

指的并不是“你”，
而是我自己。

51

要给时间以时间：
为了水能够溢出
先要将杯子斟满。

52

我心灵的时刻：
是希望的时刻
也是失望的时刻。

53

在生存与梦想之后，
最重要的事情——
是清醒。

54

歌唱时，声音在颤抖。
人们嘘的不是他的歌声，
而是他的心灵。

55

“我思故我在”[1]：

有人这样想，

实在太夸张！

56

吉卜赛人的对话：

“老兄，怎么样？”

“在捷径上晃荡。”

57

有些绝望的人

只会用绳子治愈绝望；

另一些人，则用这句话：

信仰已变成时尚。

58

我以为炉火已熄灭，

便去翻动灰烬……

结果烫了手。

59

他笑得前仰后合！

如此严肃的人！

---

① 这是法国哲学家、数学家、物理学家笛卡儿（1596—1650）的名言。

……谁会这么说。

60

分工合作：

坏人搭箭，

好人射。

61

像圣托伯[1]，

染自己的白发，

理由颇多。

62

为了让风有更多工作，

用双倍的线

将树上干枯的叶片缝合。

63

他的感觉很灵：

在思想的十字路口

有八面来风。

---

① 圣托伯（San Tob），又名桑托伯·德·卡利翁（Santob de Carrión），十四世纪希伯来－西班牙语作家，以“道德格言”闻名。

64

你可认识梦想

无形的编织者？

两个：绿色的希望

和可怕的恐慌。

他们打赌

看谁能又快又好地纺线：

一个用金色棉团；

一个用黑色棉团。

编织时，我们只能

用人家给我们的线。

65

毕达哥拉斯说：

将锦葵播种，

但不可食用。

佛祖和基督也说过这样的话：

要像檀香木，用芬芳

作为对斧劈的报偿。

要记住

这些老话

还会变得响亮。

66

你们要记清：

孤独的心灵

不是心灵。

67

蜜蜂，歌手，

不是追求蜜，而是追求花朵。

68

每个蠢货

都混淆价值与价格。

69

见他走在梦里……

好猎手

总是埋伏着自己。

70

他捕获了坏的自己，

此人在伤心的日子里

总是垂头丧气。

71

把双重的启示赋予你的诗句，

正着读可以，

斜着读也可以。

72

倘若你的诗很流行

也没关系：

黄金也会做成货币。

73

在《用餐艺术》中，

第一课是：

勺和叉不能并用。

74

我劝圣赫罗尼莫先生

别搬起石头

砸自己的脚；结果

他用石头砸了我的脚。

75

吉卜赛人的对话：

“从中心

一直走，

休想绕一周。”

76

语言把声调赋予你，

不能高也不能低，
只能与它结为伴侣。

77

柯尼斯堡的达达兰[①]！
拳头打在脸
知识便学全。

78

在烤钵里提炼黄金，
在钱币而不是在宝石上
雕刻弓和竖琴。

79

在卡斯蒂利亚的谣曲里，
不要寻找纯正的雅趣；
诗人啊，姑娘们的歌
胜过古老的谣曲。

你无法去掉的东西——
韵调，就让它留在那里，
她们边歌唱边叙述的昨天
依然在继续。

---

① 达达兰（Tartarín），法国小说家都德（1840—1897）小说《达拉斯贡城的达达兰》中的人物，常用以指吹牛的人。

80

一个纯而又纯的概念

往往是一个空壳；

也可能是一口烧红的锅。

81

母亲啊，

活着好，

做梦更好，

清醒，比什么都好。

82

唤醒你的不是太阳，

而是钟声，

那是清晨最美好的事情。

83

在忧伤的赫斯佩里亚[①]，

欧洲的西海角，

在它疲惫的尾巴上

有一座古城，

像顶针一样小，

有个抽烟的小矮人儿，

---

① 参前文第224页注①。

边微笑，边思考：

高大的塔楼轰然倒；

在一个垃圾堆，

威廉大帝将王冠丢，

尼古拉斯将脑袋掉！

你说可笑不可笑！

巴埃萨，1919

84

在无花果中，就软；

在岩石中，就硬。

这可不行！

85

你的真理？不，普遍的真理，

和我去寻觅。

你的真理，好好保存，为自己。

86

当我孤独时，

朋友们在身边；

和他们相聚时，

多么遥远！

87

啊，瓜达基维河！

我见你生在加索拉；

今天，亡在桑卢卡尔。

在绿色的松树下，

清澈的浪花翻腾，

这就是你：声音多动听！

含盐的泥土之河啊，

和我一样，在海边，

是否会梦见你的源泉？

88

巴洛克的思想

描绘火的刨花

使装饰膨胀并复杂。

89

然而……

　　　　啊，然而

在戏剧的火灾中

总有真的火炭。

90

罗勒、薰衣草和鼠尾草

都已对自己的味道

感到羞愧?

91

“爬杆”对树木坦言:

总是上面，上面……

革新?从上面。

92

树木说:“固定在

地上的立柱，小心斧头:

对你只有砍倒，没有剪修。”

93

究竟哪个是真的:

河流上的船夫和船

是浪花?还是海员

总梦见的锚和海岸?

94

作为老人，听我一句劝:

千万别照我说的办。

95

然而，劝告

要是坦诚，

不重视也不行。

96

你感到有新的汁液了吗？

小心啊，小树苗，

别让任何人知道。

97

小心点，

别让做爬杆的柱子

知道你有绿色的叶片。

98

——诗人，你的预言。

——明天，哑巴将出声：

石头和心灵。

99

——但艺术？……

——是纯粹的游戏，

就像纯粹的生活，

纯粹的火焰。

你们将看见燃烧的火炭。

X　附属饰品

献给伊比利亚巨人米格尔·德·乌纳穆诺，

他使当今的西班牙在世界上变得高大

眼　睛

1

爱人死去时

他认为自己变老了

独自一人，在封闭的房间里，

和记忆以及她在明亮的日子

经常照的那面镜子在一起。

如同守财奴宝匣里的黄金

他想把整个的昨天

珍藏在那清晰的镜子里面。

对他来说，时间已停滞不前。

2

但是，过了一周年之后，

她的眼睛是怎样的？褐色

还是黑色？绿色……还是灰色？

是怎样的？上帝啊，我已记不得？……

3

春季的一天，他到街上

漫步，默不作声，

带着双倍的悲痛，封闭的心灵……

在一个昏暗的窗口，看见

一双眼睛在闪亮。他低下自己的眼睛，

继续前行……怎么样了，那双眼睛！

XI 旅 行

——姑娘，我要去海洋。

——如果你不带我去，船长，

我会将你遗忘。

在他的甲板上，

船长入梦乡；

梦中遇见了姑娘：

如果你不带我去，船长！……

当他从海上归来

带来一只绿色鹦鹉。

“我会将你遗忘！”

他带着绿色鹦鹉，

又一次穿过海洋。

船长啊，她已经将你遗忘！

XII　点评龙萨及其他诗韵（选译五首）

诗人将自己的肖像寄给一位美丽的

贵妇人，后者曾将肖像寄给他。

我的梦

行人是道路的总和，

在花园，在平静的海边，

山野的芳香与他为伴，

干草的热情笼罩秀丽的农田。

行程漫长的游子

将严格的制动放在胸间，

为了让灵魂使那钻石般的诗句

成熟在自己深深的心田。

这是我的梦。时间杀手

将我们引向死亡或徒劳地流淌，

这不过是脑海里一个梦想。

我看见一个人在赤裸的手中，
向世界展示生命的火炭，
没有灰烬的赫拉克利特的烈焰。

致雕塑家埃米亚诺·巴拉尔

……你的錾子将我
雕刻在玫瑰色的岩石上，
带着一缕永远迷人
寒冷的曙光。
那苦涩的忧伤
来自梦中的伟大，
这是西班牙的品格
——懒惰烹制的幻象，
从那朵玫瑰中产生，
那是我的明镜，
一面面，一行行，
我的口缺乏渴望，
我的眼在弯弯的眉下，
注视远方，
那是我想要的眼睛
就像你雕塑的那样：
为了什么也不再看，

刻在坚硬的岩石上。

孤独致一位大师

1

弗朗西斯科・A. 德・伊卡萨[1]

你教授的不是能量，

是忧伤。

2

你古老的种族

赋予你的话语简短

却有深刻的内涵。

3

像橄榄树一样

结很多的果实

遮很少的荫凉。

4

你清晰的诗句

让人深思并歌唱

既不皱眉也不叫嚷。

---

① 弗朗西斯科・A. 德・伊卡萨（Francisco Alarcón de Icaza，1863—1925），墨西哥诗人和文学批评家。

5

完美的节奏

——就像河岸旁

双倍的黑杨。

6

他的歌唱

带着滞流的水，

好像很安详。

其实并非这样；

不过也不急于

流向海洋。

7

他的歌唱

具有古老爱情的

苦涩和芳香。

甜蜜水果的成熟

全靠

印第安人的太阳。

8

弗朗西斯科·A.德·伊卡萨，

属于旧西班牙，

也属于新西班牙[1]，

你的里拉琴
和你总督的侧面像
在一百雷亚尔的金币上。

对话中的梦

1

在高原上，你的形象
与我多么相似！……我的话语
唤起贫瘠的平原和绿色的草地，
灰色的岩石，开花的荆杞。

在听话的记忆里，黑色圣栎树
萌芽在小丘上，山杨降临到河旁；
牧人慢慢地走上了山岗；
我的阳台，在城市里闪光。

那是我们的阳台。你可看见？面向
阿拉贡，很远，白色
和玫瑰的蒙卡约山……
你看那片火烧云在点燃，

① 在征服和殖民时期，墨西哥被称作新西班牙。

爱妻啊，还有那颗星，嵌在蓝天。

在杜埃罗河后面，桑塔纳山

变成了紫色，在这寂静的傍晚。

2

请告诉我，我的心

为何从岸边逃向高原，

在这沿海耕耘的土地上

我为何渴望卡斯蒂利亚的荒滩?

无人选择它的爱恋。一天，

我的命运将我带到这灰色的荒原，

在那里，当寒冷的雪花飘落

会将死去的圣栎树的影子驱赶。

今天，从西班牙那块充满石砾的高原，

我给你带来一枝粗犷的迷迭香，

它开在瓜达基维河畔。

我的心就在河边，在它的出生之地，

它的出生不是为了生命，而是为了爱情……

那里有挺拔的柏树和洁白的墙壁!

3

夫人啊，暴雨乌云开裂，

色彩绚丽的朝霞

在远方灰色山丘的岩石上，
描绘了黎明的曙光。

凝结在寒冷岩石上的曙光，
使行路人惊讶并恐慌，
胜过光天化日之下凶猛的狮子
或巨大的熊，在山口守望。

满怀在希望与恐惧的梦想
燃起的爱的烈火
我奔向忘却，奔向海洋

——已不似那岩石奔向夜晚，
当暗下来的星球在旋转——
我已无法归来，请不要将我呼唤。

4

孤独啊，我唯一的伙伴，
不同寻常者的缪斯啊，
你给了我不曾要求的语言！
请回答我：我在与谁交谈？

不甘寂寞而又戴着面具的缺席者，
我没有朋友，在将自己的痛苦排遣，
和你在一起，蒙面的女主人啊，
和我在一起，你总是遮住自己的脸。

今天，我想：不管我是怎样的人；
这张在亲密的镜子上
感到欢愉的脸已不再是我的难解之谜，

而是你爱的声音的神秘。
请让我看见你的面孔，让我在自己眼中
看见你坚定的宝石般的眼睛。

我的文件夹

1

不是坚硬、永恒的大理石，
也不是绘画和音乐，
而是刻在时间上的话语。

2

诗歌是歌唱和叙述。
歌唱生动的故事，
叙述它的韵调。

3

灵魂创造自己的岸；
春天的树林，
灰烬和铅的山。

4

只要不是从河中

涌现的圣像，

都是廉价的赝品。

5

贫困的韵脚

偏爱不定的半谐音。

当诗歌没有任何内容

或许韵脚也在罢工。

自由的诗句，自由的诗句……

当诗句将你变为奴隶，

你最好解放自己。

6

语言贫困的韵脚，

有时却也仪态万千。

形容词和名词

是洁净、停滞的水湾，

是抒情语法中

动词形态的转变，

它属于将是明天的今天，

又属于依然存在的昨天。

1924年

XIII 十四行诗

1

上百条路在我的心中交错，
形形色色的旅行者，
既无约会也不留宿，
像嘈杂站台上的匆匆过客。

我的心路通向四面八方，
分布在一马平川
或峥嵘岩石的上百条小路上，
碰巧了，还会在百舸扬帆的海洋。

今天，当一群乌鸦寻觅自己
黑色的悬岩，扯着嘶哑的喉咙叫嚷，
蜂群正返回自己的蜂房，

我的心重新开始自己的劳作，
伴着鲜花盛开的田野上的花蜜
和令人郁闷的傍晚的哀伤。

2

朝圣者，你将看到梦中

孔波斯特拉之路[①]有多么神奇的景观
——啊，淡紫与蜜黄色的山！——
平原上的朝圣者，在山杨林和蜡烛之间。

岩石和阳光的魁梧的卫士，
秋天用两条河为他的围栏镀上了黄金，
像防御塔楼一般的奇迹
在纯净无瑕的蓝天上耸立。

你将在平原上看见敏捷的狗群，
还有一位狩猎的先生
一个古老种族虚幻的幽灵，

在远方的山岗上驰骋。
你应进去，当凄凉的广场上，
寒冷的傍晚降临时，一个阳台在闪光。

3

多少次啊！我可曾玷污你的记忆？
生命降临，宛如一条宽阔的河流，
而当它将高大的航船引向海洋
会带走混浊的污秽和绿色的泥浆。

---

① 据传耶稣十二门徒之一圣雅各的遗体葬在西班牙西北部的圣地亚哥·德·孔波斯特拉，因而那里就成了朝圣者云集的地方，从欧洲各地到孔波斯特拉的朝圣之路被称作“圣地亚哥之路”。

更有甚者，倘若在岸上有暴风雨
它会卷走暴风雨的战利品，
倘若天上有灰色的云团
它便会点燃黄色的闪电。

然而尽管它流向未知的海洋，
生命有时也会像泉水一样
一滴一滴，平和明亮，

或像激流不可一世地喧嚷，
在蓝天下，喷涌在岩石上。
你的名字，永远，在那里回响！

4

这塞维利亚之光，我出生的殿堂，
那里有泉水的声响。
父亲，在他的书房。
——胡须少而下垂，头却高昂。

父亲，还年轻。阅读，写作，
浏览图书和思考。站起身来；
向花园的门走去。在那里徜徉。
有时自言自语，有时歌唱。

他那双大眼睛不安地端详，

如今似乎在游荡，空虚中
已没有目标可以观望。

它们已经从昨天逃向明天；
父亲啊，他那双慈悲的双眼
在时间里，将我的白发观看。

5

胆怯的爱，将可怜的爱逃避，
没有危险，也没有蒙蔽和奇遇，
等候爱的可靠的信物，
因为在爱情中，明智等于痴迷。

那个曾经诅咒生命之火
躲避盲童胸膛的人，
诅咒那思考的而不是点燃的炭火，
想要那火为他保存的灰烬。

他将找到灰烬，但并非从它的火焰，
当它发现那愚蠢的胡思乱想，
想让不开花的果实，挂在枝头上。

他将用黑色的钥匙
打开时间寒冷卧室的门。
凄凉的床，混浊的镜，空虚的心！

XIV 老 歌

1

露水降临的时候，

白色的山峦和绿色的牧场

摆脱了雾霭的笼罩。

圣栎树林的太阳！

云雀飞上天空，

直至踪迹渺茫。

谁曾为田野安上羽毛？

谁曾为疯狂的大地造就翅膀？

金色的苍鹰

有宽阔的翅膀

迎着风，飞翔在山峦上。

山峰上，

河流诞生的地方，

绿松石般的湖

和青松的峡谷上方；

俯视上百条道路

和二十个村庄……

苍鹰太太啊，

您在这么早的时光

沿着空中的路径要全速飞往何方？

2

蓝色的天空

升起了银色的月亮。

阿里昆附近，

茅草上洒满月光！

她在山丘上是圆的，

却被打碎在小瓜迪亚纳

混浊的水面上。

在乌贝达和巴埃萨之间

——属于两姊妹的小山上：

巴埃萨，贫穷的夫人，

乌贝达，吉卜赛女王。

在圣栎树林，

圆圆的欢快的月亮，

总和我成对成双！

3

在大乌贝达近旁，

谁也看不见它的山岗，

月亮跟随着我

升起在橄榄林上。

一轮气喘吁吁的月亮，

总和我成对成双。

我当时在想：

家乡的强盗啊！

当我骑着自己的快马上路，

有的会随我一同前往！

这月亮了解我

她用恐惧给了我豪情

因为有那么一次

我曾做了首领。

4

有一只巨大的雄鹰

在奎萨达山间，

绿色，黑色，金色，

总是将翅膀伸展。

它是石头的，从不知疲倦。

过了洛伦特码头，

山峦的马

奔驰在云间。
它是岩石的，从不知疲倦。

人们看见骑手
跌在悬崖的谷底，
他将双臂伸向天空。
那是花岗岩的手臂。

在那无人攀登的地方，
有一位可爱的少女
臂弯里有一条蓝色的河流。
她就是大山的圣母。

* * *

请原谅，玛多娜·德尔·碧拉尔，
倘若我和我们可爱的佛罗伦萨人
一起到来，带着一枝山区的薰衣草，
一朵长着野生芒刺的玫瑰。

你的诗人还能送给你什么花呢
除了他自己的忧伤？
上帝啊，这里，地球的骨骼
在冻结着风，打磨着太阳。

伪歌者集*

* 《伪歌者集》由散文和诗歌组成，选译其中五首诗歌。

春　天

云，太阳，绿色的草地，
山坡的民房，混淆在一起。
春天在这寒冷田野的空气里
播下了岸边白杨的雅趣。

山谷的道路通向河旁，
爱情和水一同在那里盼望。
无形的情侣啊，为了你，
田野才穿上了这青春的盛装。

那第一朵白色的雏菊？
那随风飘来的蚕豆的芳香？……
你在陪伴我吗？在手上

我感到双重的跳动；心脏在向我叫嚷，
太阳穴唤起了我的思想：
原来是你在复活并鲜花怒放。

火的玫瑰

情侣们，你们是春天的编织物，

大地、水、风和太阳将你们编成。

山峦在你们喘气的胸膛里，

开花的田野在你们的眼中，

你们相互展示自己的春天，

并毫无顾忌地畅饮放荡的雌金钱豹

今天为你们提供的甘甜的乳汁，

然后她会可怕地埋伏在路边。

当地球的轴心倾向于夏至点，

绿了杏树，枯了紫罗兰，

这时请你们向前，

走向爱的傍晚，

干渴已逼近，清泉在身边，

再用手中火的玫瑰使它变得圆满。

爱的战争

为我的胡须镀上了银色的时间，
使我的眼窝深陷，使我的额头变宽，
我的记忆渐渐变得晶莹，
而且越是加深，越是清晰可见。

童年的恐惧，少年的爱情，
这秋天的光辉使你们变得多么漂亮！
丑陋生活的道路崎岖，
你们照样使夕阳闪着金光。

一个写好的神话如何
跳荡在泉水中的岩石上：
在时间的算盘上少了一小时！

在十一月染黄的老榆树下，
那在一次约会中的缺憾，
如何能从我的历史的底部生还！

忠告，民谣，笔记（节选）

1

在一个植物标本里

一个解剖的下午，

我有紫色和金黄的丁香。

孤独的“随意遐想”。

2

在下一页，瓜达卢佩[①]的

眼眸，我从不晓得

是什么颜色。

3

和一个前额……

4

童年的万花筒。

小淑女，在弹钢琴。

哆，来，咪。

另一位对着镜子

---

① 瓜达卢佩（Guadalupe），指瓜达卢佩圣母，其形象多为垂眸，不易看清眼睛的颜色。

为自己涂红唇。

5

阳台上的玫瑰花束
在“上帝保佑”大街
街角的折返处。

7

在女性的海洋
夜里的溺死者很少；
多是在天刚亮。

8

我们见面的约会
总是在明天。
我们永远见不了面。

9

广场有一座塔楼，
塔楼有一个阳台，
阳台有一位贵妇，
贵妇有一朵白花。
一位绅士走过——
谁知道为啥！
他带走了广场
及其塔楼和阳台，

阳台和贵妇，

贵妇和白花。

13

为了你的窗

清晨送我一束玫瑰。

从大街到小巷，我在迷宫中

奔跑，寻找你的家和栅栏。

在这鲜花盛开的五月的清晨

我在迷宫中转向。

转呀转呀。我已经无能为力。

告诉我，你在何方。

给吉奥玛尔的歌[①]

1

吉奥玛尔

我不知你手中

是一个黄色的柠檬

还是晴日的线

在金色的线团中。

---

① 这是诗人写给自己的情人碧拉尔·德·瓦尔德拉马的诗。

你的口对我尽显笑容。

我问道：你拿什么
献给我？亲手
在果园中选出的
成熟的水果？

美丽宁静的傍晚
空虚的时间？
金色迷人的幻影？
复制在安睡的水中？
从山坡到山坡
燃烧的真正的黎明？
在其模糊的镜中
老旧黄昏的光线
打破了爱情？

2

我梦见你，在一个花园，
高高的，吉奥玛尔，在河边，
花园的时间被封闭，
冷冰冰铁的栅栏。

一只不寻常的鸟
在鲜活而又圣洁的水旁

在朴树上甜美地歌唱
所有的泉和所有的渴望。

在那个花园，吉奥玛尔，
在两颗心同时创造的
双方共有的花园里，
我们的时间互相补充
并融合在一起。我们
共同在洁净的杯中
将梦的汁液榨取
将双重的故事忘记。

（其一：雌性和雄性，
哪怕是羚羊和雄狮，
会一同来饮水。
其二：不可能
有那么幸运的爱情：
两个孤独合而为一，
即便是雌雄也不行。）

为了你，大海排练波涛和泡沫，
黎明的山鸡排练羽毛和歌声，
彩虹在山上排练颜色，其他的颜色，
智慧女神的猫头鹰排练大大的眼睛。
吉奥玛尔呀，这都是为了卿卿！

3

你的诗人想念你。

柠檬和紫罗兰的

远方依然是碧绿的田野。

吉奥玛尔，你和我一起来了；

山区吸引着我们。

一天疲惫地过去

从橡树林到橡树林。

火车不停地吞噬

白昼和铁轨。金雀花

在阴影中掠过；

将瓜达拉玛的黄金剥落。

因为一位女神和她的情侣

一起逃亡，气喘吁吁，

追赶他们的是圆圆的月亮。

列车在大山中

隐藏并轰响。

荒芜的田野，高高的上苍。

在一座座花岗岩

和玄武岩的山背后

就是那大海和无边的渺茫。

我们自由自在；两相依傍。

哪怕是上帝，像故事中

残忍的国王，驰骋在

飞快如风的骏马上；
哪怕是向我们
宣誓其强烈的报复；
哪怕是给思想鞴上马鞍，
自由的爱情，谁也休想赶上。

今天在想象的约会时间
我在游客单人房间里给你写信。
雨水打破了空中的彩虹，
为山峰打破了全球的悲伤。
古老塔楼上的钟和太阳。
啊，活跃而又安详的傍晚
此时的姑娘，爱你自己的诗人
用“伫立”和“一切皆流”①对抗！
青春的日子
——明亮的眼睛和黝黑的肌肤——
当你在泉水旁，想念爱神
亲吻你的双唇，抚摩你的乳房！
在这四月的光辉下，一切都变得透亮；
在昨天之今日的一切，
在其成熟时刻里的“依然”
时间在叙述和歌唱，

① “一切皆流”是希腊哲学家赫拉克利特的一句名言。

熔铸成唯一的曲调，

一曲傍晚和黎明的合唱。

为你，吉奥玛尔，我的怀想。

战时的诗篇

罪行发生在格拉纳达

1 罪 行

黎明时人们看见你，

在枪林中，

向寒冷的田野走去，

天上还挂着星星。

他们杀害了费德里科

当东方出现光明

刽子手的队伍

不敢看他的面孔。

他们都闭上了眼睛；

祈祷：连上帝也救不了你！

费德里科倒下，心脏停止了跳动

——前额上淌血，铅弹射进胸中。

啊，可怜的格拉纳达！

要知道，罪行是在格拉纳达

是在他自己的家乡发生。……

2 诗人与死神

只见他独自与死神走在一起，

对死神的钐镰毫不畏惧。

一座座塔楼沐浴着阳光；

铁锤砸在铁砧，砸在锻炉的铁砧上。

费德里科说着话，取悦死神，

死神在听他演讲。

“朋友，因为在我昨天的诗句中，

你干枯的掌声在回响，

你给我的歌唱以冰霜，

给我的悲剧以银镰的锋芒，

我将歌唱你所没有的肌体，

你所缺少的眼睛，

你被风吹动的头发，

被人亲吻的樱唇。……

今天宛如昨日，我的死神啊，吉卜赛女郎，

多么好呀，单独和你在一起，

在格拉纳达的氛围，在我的家乡！”

3 人们见他走过……

朋友们，干吧，

在阿尔罕布拉宫，用岩石和梦想

为诗人雕刻一座灵台，

在水流抽泣的泉上，

它永远在不停地讲：

罪行发生在格拉纳达，在他的家乡！

后　记

1987年，我应邀到格拉纳达大学主持西班牙文版《红楼梦》的译介工作。作为一位西语诗歌的译者，我很关注当地知识界对西班牙诗坛的议论。我发现，他们谈论最多的是三位诗人：加西亚·洛尔卡（1898—1936）、拉斐尔·阿尔贝蒂（1902—1999）和安东尼奥·马查多（1875—1939）。这三位都是安达卢西亚人。前两位都属于“二七年一代”。加西亚·洛尔卡不仅是一位伟大的天才诗人，而且在他如日中天的时候，被法西斯杀害；阿尔贝蒂在反法西斯战争中虽幸免于难，但长期流亡国外，直至1977年才回到祖国，而且是代表共产党的国会议员，因此人们格外关注他们是理所当然的。安东尼奥·马查多是他们的前辈，属“九八年一代”，虽然他在“内战”中也坚定地站在共和国一边，但人们对他的关注主要在其诗歌创作本身。我到西班牙的第二年，一位朋友就送给我一部精装的马查多兄弟的全集，并希望我把安东尼奥·马查多的作品译介到中国。从那时起，我就有了编译安东尼奥·马查多诗选的想法。

2004年，我为北京大学西班牙语系的硕士研究生上文学翻译课。此前见到一本从英文转译的《安东尼奥·马查多诗选》，与原文相差甚远，于是萌生了带领学生翻译马查多诗歌的想法。2006年，北京创建塞万提斯学院，并将其图书馆命名为马查多图书馆。同年，西班牙文化部图书总局局长罗赫里奥·布朗科·马丁内斯先生访华，我有幸参加了他和西语学者的座谈。局长先生和北京塞万提斯学院都希望在“2007——西班牙文化年”时多出版几本西班牙文学名著，其中呼声最高的便是《安东尼奥·马查多诗选》。我立即想起了自己和几位学生们的翻译，并为出版社向西班牙文化部图书总局申请了赞助资金。四位学生是艾青、温晓静、吴婧和周姣贵。这本汉西双语的《安东尼奥·马查多诗选》（约5200行）于2007年年底在河北教育出版社面世。封面上无法把四位学生的名字都署上，只是在书中注明哪些诗是她们哪个人译的。我虽然审校过她们的译文，但由于时间关系，不可能逐字逐句地修订。后来，我在网上看到有人说，这本书“并非赵译的，而是他叫学生们译的”，这虽然不符合事实，但却使我产生了重译《安东尼奥·马查多诗选》的想法。

2017年，外语教学与研究出版社约我译《安东尼奥·马查多诗选》。我在原书的基础上，重新选译了约3500行，题为《卡斯蒂利亚的田野——马查多诗选》。2022年，商务印书馆要将该书收入“汉译世界文学名著丛书”。我觉得，对于像安东尼奥·马查多这么重要的诗人，选3500行诗作太少了，因此增补到了约8200行。增加的部分主要是将诗人的代表作《卡斯蒂利亚的田野》补全了（全集42首，原来只译了26首）。如其中的《阿尔瓦冈萨莱斯的土地》是一个完整的故事，包括40余则短诗，约900行。这是一首将抒情和叙事融为一体的诗作。又如《箴言与歌谣》，共 53 则，先前只译了 28 则。再译马查多，进一步加深了对他的认识：诗如其人。他的诗没有华丽的辞藻和奇妙的想象；在翻译过程中，很少遇到“莫名其妙”“摸不着头脑”的诗句，总给人以真诚、实在、可信的感觉，这正是他的诗作受到广大读者喜爱和赞赏的原因。这样的诗作，虽不难理解，但译起来也颇有难度，比如那些格言式的短诗，区区几行，虽不一定是真理，但对人总会有一点启迪，难点在于要译得像一条格言，哪怕是“像不像，三分样”呢！即便如此，也常常感到力所不及，勉为其难而已。“译文千古事，得失寸心知”，期待读者和方家们的批评指正。

赵振江

2022 年岁末于蓝旗营五牛斋

汉译文学名著

第一辑书目（30种）

伊索寓言　〔古希腊〕伊索著　王焕生译
一千零一夜　李唯中译
托尔梅斯河的拉撒路　〔西〕佚名著　盛力译
培根随笔全集　〔英〕弗朗西斯·培根著　李家真译注
伯爵家书　〔英〕切斯特菲尔德著　杨士虎译
弃儿汤姆·琼斯史　〔英〕亨利·菲尔丁著　张谷若译
少年维特的烦恼　〔德〕歌德著　杨武能译
傲慢与偏见　〔英〕简·奥斯丁著　张玲、张扬译
红与黑　〔法〕斯当达著　罗新璋译
欧也妮·葛朗台 高老头　〔法〕巴尔扎克著　傅雷译
普希金诗选　〔俄〕普希金著　刘文飞译
巴黎圣母院　〔法〕雨果著　潘丽珍译
大卫·考坡菲　〔英〕查尔斯·狄更斯著　张谷若译
双城记　〔英〕查尔斯·狄更斯著　张玲、张扬译
呼啸山庄　〔英〕爱米丽·勃朗特著　张玲、张扬译
猎人笔记　〔俄〕屠格涅夫著　力冈译
恶之花　〔法〕夏尔·波德莱尔著　郭宏安译
茶花女　〔法〕小仲马著　郑克鲁译
战争与和平　〔俄〕列夫·托尔斯泰著　张捷译
德伯家的苔丝　〔英〕托马斯·哈代著　张谷若译
伤心之家　〔爱尔兰〕萧伯纳著　张谷若译
尼尔斯骑鹅旅行记　〔瑞典〕塞尔玛·拉格洛夫著　石琴娥译
泰戈尔诗集：新月集·飞鸟集　〔印〕泰戈尔著　郑振铎译
生命与希望之歌　〔尼加拉瓜〕鲁文·达里奥著　赵振江译
孤寂深渊　〔英〕拉德克利夫·霍尔著　张玲、张扬译
泪与笑　〔黎巴嫩〕纪伯伦著　李唯中译
血的婚礼——加西亚·洛尔迦戏剧选
〔西〕费德里科·加西亚·洛尔迦著　赵振江译
小王子　〔法〕圣埃克苏佩里著　郑克鲁译
鼠疫　〔法〕阿尔贝·加缪著　李玉民译
局外人　〔法〕阿尔贝·加缪著　李玉民译

第二辑书目（30种）

枕草子	〔日〕清少纳言著　周作人译
尼伯龙人之歌	佚名著　安书祉译
萨迦选集	石琴娥等译
亚瑟王之死	〔英〕托马斯·马洛礼著　黄素封译
呆厮国志	〔英〕亚历山大·蒲柏著　李家真译注
波斯人信札	〔法〕孟德斯鸠著　梁守锵译
东方来信——蒙太古夫人书信集	〔英〕蒙太古夫人著　冯环译
忏悔录	〔法〕卢梭著　李平沤译
阴谋与爱情	〔德〕席勒著　杨武能译
雪莱抒情诗选	〔英〕雪莱著　杨熙龄译
幻灭	〔法〕巴尔扎克著　傅雷译
雨果诗选	〔法〕雨果著　程曾厚译
爱伦·坡短篇小说全集	〔美〕爱伦·坡著　曹明伦译
名利场	〔英〕萨克雷著　杨必译
游美札记	〔英〕查尔斯·狄更斯著　张谷若译
巴黎的忧郁	〔法〕夏尔·波德莱尔著　郭宏安译
卡拉马佐夫兄弟	〔俄〕陀思妥耶夫斯基著　徐振亚、冯增义译
安娜·卡列尼娜	〔俄〕列夫·托尔斯泰著　力冈译
还乡	〔英〕托马斯·哈代著　张谷若译
无名的裘德	〔英〕托马斯·哈代著　张谷若译
快乐王子——王尔德童话全集	〔英〕奥斯卡·王尔德著　李家真译
理想丈夫	〔英〕奥斯卡·王尔德著　许渊冲译
莎乐美 文德美夫人的扇子	〔英〕奥斯卡·王尔德著　许渊冲译
原来如此的故事	〔英〕吉卜林著　曹明伦译
缎子鞋	〔法〕保尔·克洛岱尔著　余中先译
昨日世界：一个欧洲人的回忆	〔奥〕斯蒂芬·茨威格著　史行果译
先知 沙与沫	〔黎巴嫩〕纪伯伦著　李唯中译
诉讼	〔奥〕弗兰茨·卡夫卡著　章国锋译
老人与海	〔美〕欧内斯特·海明威著　吴钧燮译
烦恼的冬天	〔美〕约翰·斯坦贝克著　吴钧燮译

第三辑书目（40种）

埃达	〔冰岛〕佚名著　石琴娥、斯文译
徒然草	〔日〕吉田兼好著　王以铸译
乌托邦	〔英〕托马斯·莫尔著　戴镏龄译
罗密欧与朱丽叶	〔英〕莎士比亚著　朱生豪译
李尔王	〔英〕莎士比亚著　朱生豪译
大洋国	〔英〕哈林顿著　何新译
论批评　云鬟劫	〔英〕亚历山大·蒲柏著　李家真译注
论人	〔英〕亚历山大·蒲柏著　李家真译注
亲和力	〔德〕歌德著　高中甫译
大尉的女儿	〔俄〕普希金著　刘文飞译
悲惨世界	〔法〕雨果著　潘丽珍译
安徒生童话与故事全集	〔丹麦〕安徒生著　石琴娥译
死魂灵	〔俄〕果戈理著　郑海凌译
瓦尔登湖	〔美〕亨利·大卫·梭罗著　李家真译注
罪与罚	〔俄〕陀思妥耶夫斯基著　力冈、袁亚楠译
生活之路	〔俄〕列夫·托尔斯泰著　王志耕译
小妇人	〔美〕路易莎·梅·奥尔科特著　贾辉丰译
生命之用	〔英〕约翰·卢伯克著　曹明伦译
哈代中短篇小说选	〔英〕托马斯·哈代著　张玲、张扬译
卡斯特桥市长	〔英〕托马斯·哈代著　张玲、张扬译
一生	〔法〕莫泊桑著　盛澄华译
莫泊桑短篇小说选	〔法〕莫泊桑著　柳鸣九译
多利安·格雷的画像	〔英〕奥斯卡·王尔德著　李家真译注
苹果车——政治狂想曲	〔英〕萧伯纳著　老舍译
伊坦·弗洛美	〔美〕伊迪斯·华尔顿著　吕叔湘译
施尼茨勒中短篇小说选	〔奥〕阿图尔·施尼茨勒著　高中甫译
约翰·克利斯朵夫	〔法〕罗曼·罗兰著　傅雷译
童年	〔苏联〕高尔基著　郭家申译
在人间	〔苏联〕高尔基著　郭家申译
我的大学	〔苏联〕高尔基著　郭家申译

地粮	〔法〕安德烈·纪德著	盛澄华译
在底层的人们	〔墨〕马里亚诺·阿苏埃拉著	吴广孝译
啊，拓荒者	〔美〕薇拉·凯瑟著	曹明伦译
云雀之歌	〔美〕薇拉·凯瑟著	曹明伦译
我的安东妮亚	〔美〕薇拉·凯瑟著	曹明伦译
绿山墙的安妮	〔加〕露西·莫德·蒙哥马利著	马爱农译
远方的花园——希梅内斯诗选	〔西〕胡安·拉蒙·希梅内斯著	赵振江译
城堡	〔奥〕弗兰茨·卡夫卡著	赵蓉恒译
飘	〔美〕玛格丽特·米切尔著	傅东华译
愤怒的葡萄	〔美〕约翰·斯坦贝克著	胡仲持译

第四辑书目（30种）

伊戈尔出征记		李锡胤译
莎士比亚诗歌全集——十四行诗及其他	〔英〕莎士比亚著	曹明伦译
伏尔泰小说选	〔法〕伏尔泰著	傅雷译
海上劳工	〔法〕雨果著	许钧译
海华沙之歌	〔美〕朗费罗著	王科一译
远大前程	〔英〕查尔斯·狄更斯著	王科一译
当代英雄	〔俄〕莱蒙托夫著	吕绍宗译
夏洛蒂·勃朗特书信	〔英〕夏洛蒂·勃朗特著	杨静远译
缅因森林	〔美〕梭罗著	李家真译注
鳕鱼海岬	〔美〕梭罗著	李家真译注
黑骏马	〔英〕安娜·休厄尔著	马爱农译
地下室手记	〔俄〕陀思妥耶夫斯基著	刘文飞译
复活	〔俄〕列夫·托尔斯泰著	力冈译
乌有乡消息	〔英〕威廉·莫里斯著	黄嘉德译
生命之乐	〔英〕约翰·卢伯克著	曹明伦译
都德短篇小说选	〔法〕都德著	柳鸣九译
无足轻重的女人	〔英〕奥斯卡·王尔德著	许渊冲译
巴杜亚公爵夫人	〔英〕奥斯卡·王尔德著	许渊冲译
美之陨落：王尔德书信集	〔英〕奥斯卡·王尔德著	孙宜学译
名人传	〔法〕罗曼·罗兰著	傅雷译
伪币制造者	〔法〕安德烈·纪德著	盛澄华译
弗罗斯特诗全集	〔美〕弗罗斯特著	曹明伦译

弗罗斯特文集 〔美〕弗罗斯特著 曹明伦译
卡斯蒂利亚的田野：马查多诗选 〔西〕安东尼奥·马查多著 赵振江译
人类群星闪耀时：十四幅历史人物画像
〔奥〕斯蒂芬·茨威格著 高中甫、潘子立译
被折断的翅膀：纪伯伦中短篇小说选 〔黎巴嫩〕纪伯伦著 李唯中译
蓝色的火焰：纪伯伦爱情书简 〔黎巴嫩〕纪伯伦著 薛庆国译
失踪者 〔奥〕弗兰茨·卡夫卡著 徐纪贵译
获而一无所获 〔美〕欧内斯特·海明威著 曹明伦译
第一人 〔法〕阿尔贝·加缪著 闫素伟译

图书在版编目（CIP）数据

卡斯蒂利亚的田野：马查多诗选 /（西）安东尼奥·马查多著；赵振江译 . — 北京：商务印书馆，2023
（汉译世界文学名著丛书）
ISBN 978-7-100-22133-7

Ⅰ. ①卡… Ⅱ. ①安… ②赵… Ⅲ. ①诗集—西班牙—现代 Ⅳ. ① I551.25

中国国家版本馆 CIP 数据核字（2023）第 042027 号

汉译世界文学名著丛书
卡斯蒂利亚的田野
马查多诗选
〔西〕安东尼奥·马查多 著
赵振江 译

商 务 印 书 馆 出 版
（北京王府井大街36号 邮政编码100710）
商 务 印 书 馆 发 行
北京市十月印刷有限公司印刷
ISBN 978-7-100-22133-7

2023年8月第1版 开本 850×1168 1/32
2023年8月北京第1次印刷 印张 11¼

定价：58.00元